王は無垢な神官に最愛を捧げる

釘宮つかさ

illustration:
みずかねりょう

prism bunko

CONTENTS

王は無垢な神官に最愛を捧げる

＊

夜明けの気配を感じて、ナザリオは自然と目を覚ました。

窓に分厚いカーテンが引かれた室内はまだ薄暗い。けれど、そろそろ日が昇る時間なのだと感覚でわかる。幼い頃から日の出とともに祈りを捧げる暮らしをしてきたため、その習慣が身に染みついていて、毎朝同じ時間に体が目覚めてしまうのだ。

少しぼんやりした頭で瞬きをしているうち、視界が鮮明になってきて、目の前に誰かの逞しい喉元があることに気づく。

視線を上げた先には、ナザリオの背中に腕を回し、目を閉じてまだ眠りの中にいるレオンハルトの端正な顔があった。

いつもは落ち着いて見える彼は、こうして眠っていると、二十三歳という年齢相応に見える。普段のように印象的で意志の強そうな漆黒の目が見えないせいか、ここにいるのは穏やかな雰囲気をした美しい一人の青年だ。

美貌に惹かれて恋に落ちたわけでは決してないけれど、改めて見ると、彼は本当に整った顔立ちをしていると気づく。彫りの深い作りの顔に長い睫毛、スッと通った鼻梁に少し厚めのかたちのいい唇。雄々しさと高貴さを感じさせるその顔は、ごくたまに頬を緩めるととても親しげな雰囲気になることをナザリオは知っている。

あまり周囲に愛想を振りまくほうではなく、他人の前で笑みを浮かべることは少ないせいで誤解されやすい彼だが、従兄弟のクラウスや義弟のユリアン、近しい軍の者たちの前では、表情を緩めることも、声を出して笑うことも多い。

――そして、ナザリオの前でだけは、情熱的な目を向けて真摯な愛を伝えてくれることも。

昨夜も、王太子夫妻の住まいである王城の一角の静かな離れの一室で、ナザリオは彼とともに眠った。寝心地のいい寝台の上で体温の高いレオンハルトの逞しい腕に抱き寄せられ、柔らかな毛布に包まれて、幸せな眠りに落ちた。

寝台横のテーブルの上には一抱えほどもあるカゴが置かれていて、その中にはふかふかの毛布に潜り込み、ピーノとロッコが可愛い寝息を立てて眠っている。

ちょうど手のひらに乗るくらいの大きさをした小さな仔ギツネのような二匹の獣は、人間の子供と同じくらいに頭が回り、驚いたことに言葉が話せる。とはいっても、彼らと会話ができるのはナザリオと、もう一人だけだ。

耳を澄ませて、大切な家族である大切な二匹が安堵し切って眠っている気配を確認し、思わず頬を緩める。

それからもう一度、目の前にいる男の寝顔をじっと見つめる。

そうしているうち、レオンハルトの睫毛がぴくっと揺れる。目覚めたのかと思って息を詰めて見つめたが、瞼は開かない。

まだ眠りの中にいるのなら、起こしたくはない。黙ったままナザリオがじっとしていると、ふいに彼の唇の端が上がり、ゆっくりと目を開けた。

「レオンハルト様？」

どうしたのかと思って潜めた声で呼びかけると、彼は少し照れたように笑いながら言った。

「……あなたが先に起きて、こちらを見つめている気配がしたので、実は口付けでもしてくれるのだろうかと期待して待っていた」

予想外のことを囁かれてあっけにとられ、次の瞬間、ナザリオの顔に笑みが零れる。

「ごめんなさい、僕は期待を裏切ってしまったのですね」

「いや、俺が勝手に邪な願いを抱いただけだから」

いたずらっぽく笑い、レオンハルトが手を伸ばしてナザリオの頬を撫でる。

「おはよう、ナザリオ」

「おはようございます、レオンハルト様」

こうして見つめる視線や、触れるかすかな手の動きからも、彼は日々、溢れんばかりの愛情をナザリオに伝えてくれる。

彼、レオンハルト・ローレンツ・エスヴァルドはこの国の現王太子だ。古くは巫女の血を引く王家の血筋である彼は動物の言葉が理解でき、ナザリオと同じようにピーノたち二匹と会話をすることができる。

そして彼は、結婚してまだ十ヶ月ほどのナザリオの伴侶でもある。

——盛大な式を挙げ、神と民の前で互いへの永遠の愛を誓った。

数え切れないほど口付けをしたし、ナザリオのすべてはすでに彼のものだ。

それなのに、自分からの目覚めの接吻を期待し、密かに楽しみに待っていてくれたなんてと、五歳年上の伴侶が愛しくてたまらなくなる。

（……期待に沿うのは、今からでも遅くはないかな……？）

ナザリオはふと思い立ち、少し躊躇いながら、枕に頭を預けているレオンハルトに顔を寄せると、彼の少し厚めの唇にそっと唇を重ねた。

笑みのかたちを作っていた彼の唇が一瞬びくっとなる。すぐにナザリオの背中に腕が回り、夜着越しの硬い胸板に引き寄せられた。

「……っ」

まだ熟睡しているらしいピーノたちを起こさないよう、吐息の音を立てないよう極力抑える。

唇を啄まれて、甘く吸われる。上唇を舌でちろりと舐められるくすぐったさにぶるっと身を震わせると、彼の唇が嬉しげに弧を描くのがわかる。ナザリオの亜麻色の髪にそっと潜らせたレオンハルトの指が、頭から項へと揉むように触れながら下りていく。

頬にかかる熱い息も、咥内を探る舌も、強く抱き締めてくる腕も、彼に触れられたところがどこもかしこも心地好くて、蕩けそうになってしまう。

ぼうっとした瞬間、瞼の裏に感じる明かりに気づき、ナザリオはハッとした。

「――祈りの時間だな。すまない、夢中になってしまった」

ナザリオが身を強張らせたことに気づいたレオンハルトは、すぐに口付けを解き、腕の力を抜いてくれる。

「い、いえ、僕のほうこそ……」

寝室を出ると、急いで顔を洗って着替え、身支度をする。普段着る服は、どのような服でも仕立てられると言われたけれど、占いや祈りを捧げるときには華美な服では落ち着かないので、これまで長い間着てきた神官服のような、立ち襟に袖と裾の長い、白くて飾り気のない服を誂えてもらっている。

いつものように寝室の続き部屋の大きな窓の前に膝を突き、太陽の昇る方角に向かって、ナザリオは心を込めて祈りを捧げた。

ひとしきり祈り終え、目を開けてふと横を見ると、いつの間に起きてきたのか、金色の毛並みをした小さな生き物が二匹、ナザリオの隣に並んでいる。

一緒にお祈りをせねばと起きてきてくれたのだろう、眠さを堪えてうとうとしつつも、ピーノとロッコは二匹ともが後ろ足で立ち、胸の前で手を組んで目を閉じている。ナザリオが祈り終わるまで耐えられずに、その場で突っ伏して眠ってしまっていることもよくあるけれど、今日は頑張ってくれたようだ。

小さな二匹の獣たちのあまりに愛らしい様子に、ナザリオは微笑んだ。

「ピーノ、ロッコ、ありがとう。お疲れだったね」

そう声をかけるとホッとしたように二匹は目を開け、『おはようございます、ナー様ぁ』『われわれも頑張っておいのりしました……』と言ってその場に座り込む。

今にも眠りそうな二匹を手で掬い上げ、胸元に抱えたときには眠気が限界だったのか、ピーノたちはすっかり夢の中に戻っていた。

そこへ、寝室からレオンハルトが出てきて、口元に立てた人差し指を当てた。彼は黙ったまま、すやすやと眠っている二匹をナザリオからそっと受け取り、再び寝室に入っていく。おそらく、ピーノたちをカゴの中に寝かせに行ってくれたのだろう。

二匹の眠りを妨げないようにか、戻ってきたレオンハルトは寝室の扉を音を立てずに閉めた。

「……すみません、すっかり起こしてしまいましたね」

ナザリオにとって、朝の祈りは欠かせないものだ。しかしそのせいで、こんなに早起きしなくていいときでも、同じ寝台で眠っている彼をたびたび一緒に起こしてしまっている。

申し訳ない気持ちでいると、レオンハルトは「気にしないでくれ、といつも言っているだろう？」と小さく笑った。

「俺はそれほど長く睡眠が必要なほうじゃないし、もし寝足りなければ昼間の空いた時間に仮眠を取ればいいだけだ。それよりも、目覚めてすぐにあなたの顔が見られて、二匹とともに祈る姿を目にできる幸福のほうがずっと大きい。役得だな」

鷹揚な言葉にナザリオはホッとした。

レオンハルトはこう言って、ナザリオの毎朝の習慣をいつも快く受け入れてくれる。祖国を出て、故郷の教会に奉仕する身ではなくなった今も、神に仕える心を持ち続けていることを理解してくれているのだ。

彼と結婚して王太子妃という立場になったものの、彼はナザリオの参加を必要とする行事や会食を無理のない範囲に絞ってくれている。そのおかげで、自分はこの国に来た当初とほとんど変わらない暮らしを送らせてもらっている。ありがたいことだと、ナザリオはいつも彼の気遣いと懐の大きさに深く感謝していた。

「ありがとうございます、レオンハルト様」

改めて言葉にすると、彼は口の端を上げ、ナザリオの手を取った。

「礼を言うのなら俺のほうだ。俺は毎日、こうしてあなたのそばで暮らせる幸福を神に感謝しているのだから」

「レオンハルト様……」

恭しく手の甲に口付けて、レオンハルトはナザリオを見つめる。他の誰かがいる前ではあまり表情を変えることのない彼が、表情と視線で、明確にナザリオは特別だと告げてくれる。

「あなたが誰かのものになる前に出会えたことや、あなたが俺を愛してくれたことも……すべてが奇跡のようで、いまだに信じられないくらいだ」

「そ、そんな……」

真摯な言葉を向けられ、ナザリオは感激で頬が熱くなった。

レオンハルトはこうして日常的に、愛を伝える言葉や行動をいっさい惜しまず、まっすぐにナザリオへと注いでくれる。

ナザリオも「僕も、いつも同じ気持ちでいます」と正直に気持ちを伝え返すと、彼が表情を緩め、身を屈めて熱っぽく唇を重ねてくる。おずおずと伴侶の広い背中に腕を回し、甘い口付けに溺れながら、じんわりとした温かさがナザリオの胸を満たしていく。指先までレオンハルトの深い愛に包まれるようだ。

他国の神官で平民出身のナザリオと、大国の次期国王である彼とでは、完全に身分違いの間柄だった。

だが、生まれ育った小国フィオラノーレはともかく、エスヴァルドの大臣たちや国王からも意外なほど反対の声は少なく、二人の結婚はすんなりと認められた。この国では元々同性婚が許されていたことも幸運だったのだろう。更にナザリオが特別な占いの力を持っていたこともあってか、婚約が発表されると国民からも大歓迎され、二人は国中から大きな祝福を受けて結ばれた。

今も、身分差に気後れする気持ちがないわけではないけれど、いつしか自然と王城での暮らしに溶け込めたのは、身分差をまったく気にしないレオンハルトの日々の行動や気遣いのおかげだろう。

常にまっすぐで誰に対しても裏表のない性格の彼のそばにいると、どうしてなのかナザリオも不思議なくらいいつも通りでいられる。

――まるで、こうして彼とともに生きることが運命だったかのような気さえしてくるほどに。

身支度をしたレオンハルトと一緒に一階に下りる。念のため部屋付きの使用人であるカミルに声をかけ、寝室のカゴの中で眠っているピーノたちのことを頼んでから、二人は連れ立って離れの裏口から城の裏庭に出た。

庭師が日々手を尽くして丹精している花壇は、朝の光を受けて輝いている。少し肌寒さを感じると、目ざとく気づいたレオンハルトが自らのマントをナザリオの肩にかけ、手を握ってくれる。二人でぽつぽつと話をしながら美しい庭園を抜け、広大な王城の敷地を進んでいくうち、平屋建ての建物が見えてくる。

王族や城で働く人々の馬たちが暮らすこの広々とした厩舎には、一頭ずつ区切られた快適な馬房があり、専属の厩番たちが多く働いている。掃除と世話が行き届いていて、馬専用とはいえ、ナザリオが祖国で暮らしてきた隙間風の吹き込む古い教会の宿舎よりも格段に立派な建物だ。

更に、厩舎のそばには馬たちを運動させられる馬場もある。世話係が日々の運動や訓練のために交代で馬を走らせているここに時々足を運んでは、ナザリオはレオンハルトから基本的な馬術やコツを教わっているのだ。

結婚後、朝一番から予定が詰まっていない日があると、彼はこうしてナザリオとともに王城の敷地内にある馬場に足を運び、馬の乗り方を教えてくれるようになった。

昨年、彼の結婚相手を占うためにこの国に呼ばれたときのことだ。御者をしてくれていた、当時は側仕えだったティモが馬車から落ち怪我をして、ナザリオは助けを求めて森の中を徒歩で彷徨ったことがあった。

あのときは偶然レオンハルトたち一行に遭遇して救われたけれど、もし運良く彼らに出会わなければ、怪我をしたティモを医師に診てもらうこともできないまま途方に暮れていたかもしれない。

けれどももし、自分が馬に乗れたなら、何倍も早く助けを呼びに行けただろう。

ナザリオは十八歳になるこの年まで、馬に乗った経験がなかった。

生まれ育った祖国の教会では、厳しい暮らしから逃げ出さないための用心からか、孤児院で育った神官たちが馬術を学ぶことを禁じていた。ティモは教会の使用人として働いていた当時、必要性から馬の扱いを教えられていたが、二人でエスヴァルドに向かう途中で彼が怪我をしてしまうと、八方塞がりの状態に陥った。

あの事故で、いざというときのために馬に乗れるようになる必要性を痛感したナザリオは、結婚後に暮らしが落ち着いてから、レオンハルトに馬の教師を紹介してもらえないかと頼んでみた。

もちろん、王太子位にあり、多忙な彼自身に時間を割いてもらおうなどとは考えてもいなかった。だが、その頼みを聞くと、彼は当然のように「では、朝なら時間が取れる日もあるから、俺が教えよう」と自ら教師を買って出てくれて、こうして乗馬のレッスンに付き合ってくれるようになった――というわけだ。

「――アルトリオ、いい子にしていたか」

レオンハルトが優しい声で自らの愛馬に声をかける。「おはよう、アルトリオ」とナザリオも一緒に挨拶をさせてもらった。

彼の愛馬は艶やかな黒毛をした惚れ惚れするほど立派な体格の駿馬で、ナザリオも何度か一緒に乗せてもらったことがある。アルトリオは落ち着いていて頭が良く、レオンハルトが何も言わなくても、こうしてナザリオが一緒に来た朝は、ご主人様は自分に乗るわけではなく、顔を見に来ただけとちゃんと理解しているようだ。興奮して馬房から出たがることもなく、大人しくレオンハルトに撫でられ、ナザリオがそっと鼻面に触れることも鷹揚に許してくれる。

アルトリオとしばし触れ合ってから、二人は厩舎の入り口に戻る。すると、ちょうど厩番が芦毛の馬を引き出してきてくれたところに出くわした。

「おはよう、チェレステ。今日もよろしくね」

うっすらとグレーがかった毛の色にさらさらの鬣《たてがみ》をしたチェレステは、ナザリオが挨拶をすると、澄んだ青色の目でこちらを見た。

チェレステは、馬に乗れるようになりたいと言い出したナザリオの願いを聞き、レオンハルトが贈ってくれた馬だ。

　二か月ほど前の乗馬レッスンの初日、気性が穏やかで扱いやすいという何頭かの馬に引き合わされて、その中からナザリオはチェレステを選んだ。

　すると、『では、こいつは今日からあなたの馬だ』と言われて仰天した。王太子である彼の懐が、自分の考えも及ばないほど豊かなことは理解していたつもりだったが、まさか馬術を学びたいと頼んですぐに、馬をプレゼントされるなどとは思ってもみなかったからだ。

『そもそも、さっきの馬たちは皆、あなたの馬にするために吟味して連れてこさせたんだ。もし気に入らなければ、また何頭でも別の馬を用意させるが』と言われて、ナザリオは慌ててチェレステでいいと首を横に振った。そういえば、事前に馬の好みの毛色を訊かれて、特に好みはないと伝えたけれど、まさかそれが自分に新しい馬を贈ってくれるためだなどとは考えもしなかった。

　だが、まだ練習すら始めていない自分には、自らの馬を持てるような資格などない。できることなら、ちゃんとチェレステを乗りこなせるようになって、主人となるのに相応しい技術を身につけてから、改めて贈ってもらえないかと頼み、渋々レオンハルトには承諾してもらえた。

　うまく乗れるようになったら、あの美しい馬が自分の愛馬になってくれるのだと思うと、練習にもがぜん張り合いが出た。

レオンハルトとともにチェレステを連れて馬場に入ると、先ほどまで馬場を走っていた人馬は厩舎に戻ったのか、すっかり見当たらなくなっていた。おそらくは、王太子夫妻がやってきたので、馬の世話係たちが気を利かせて場所を空けてくれたのだろう。レオンハルトは「馬場を使うことは事前に伝えてあるから気にしなくていい」と言ってくれるが、彼らの仕事の邪魔をしてしまったようですまない気持ちになる。

馬場の隅でレオンハルトの膝を借り、チェレステに乗せてもらう。まずはまだ慣れないナザリオのために、しばらく彼が引き綱を引いてチェレステをゆっくりと歩かせてくれる。チェレステも馬上のナザリオも落ち着いているのを確認したあとで、彼はそっと引き綱を外し、「では、いつものように常歩《なみあし》から」と言って、柵のほうに離れていく。

彼が安全なところに離れるのを確認してから、ナザリオは緊張の面持ちで慎重に手綱を緩める。それと同時に、馬の腹を挟んだ脚で軽く締めつけた。

ゆっくりと再び歩き始めたチェレステの手綱を握り、馬場をぐるりと二周、常歩で歩いたあと、今度はレオンハルトの指示を聞いて止まったり、また進んだりを繰り返す。

チェレステはまだ二歳だが、乗り手を選ばない穏やかな性格の馬で、馬術のおぼつかないナザリオを馬鹿にすることもなく指示に従い、根気よく練習に付き合ってくれる。

そのおかげで、常歩に関してはほぼ問題はない。スムーズに指示通りレッスンが進んだところで、今度はレオンハルトの指示でナザリオは軽速歩《けいはやあし》に移る。馬に跨ったまま、進む勢いに合わせて腰を上げたり、また下ろしたりする。そこまでは、まだぎこちなくもなんとかできるようになってきた。続けて、速歩、さらに駈歩《かけあし》に移る。

だがこれが、問題だった。

「――ナザリオ、しがみつかずに背を伸ばせ。体の力を抜いて、チェレステに任せるんだ」

レオンハルトの指示は耳に入ったものの、軽やかに馬場を走る馬の背にいるナザリオの体は、無意識のうちにチェレステの鬣にしがみつくようにして前屈みの姿勢になっていた。指示に従わねば、体の力を抜かなくてはと思えば思うほど、全身ががちがちに強張ってしまう。

だが、賢いチェレステはしがみつかれても決してナザリオを振り落としたりはせず、落ち着いて指示通りの走りを続けている。

「ゆっくり手綱を引いて」

耳に入る彼の声だけに必死に従おうとする。大丈夫だから、と言われて、ナザリオはぎくしゃくと手綱を引く。

チェレステはじょじょに足を緩め、歩みを止めてくれた。

「ナザリオ」

足早にそばに寄ってきたレオンハルトが声をかけてくる。下から手を差し出してくれた彼の肩に手をかけ、チェレステの背から抱き下ろしてもらう。

「よく手綱を離さずにいたな。偉かったぞ」と褒められ、そのまま彼の腕にぎゅっと抱き締められる。どうにか落馬せずに下りられたことに、ホーッと息を吐く。ぽんぽんと背中を叩かれて、ナザリオは自分がいつの間にか全身汗びっしょりになっていたことに気づいた。

「チェレステもお利口だ。ほら、ご褒美をやろう」

レオンハルトがそう声をかけて手綱を引き、チェレステを馬場から出して厩舎のそばに連れていく。そこで、厩番が用意していてくれた野菜のおやつをあげると、チェレステは満足そうにもりもりと食べてくれた。

「チェレステ、今日もありがとう……うまく乗れなくて、ごめんね」

ナザリオは謝りながら、食べ終えたチェレステの体にブラシをかける。『少しでも自分で世話をしたほうが馬が懐いてくれる』とレオンハルトに教えてもらったので、レッスンのあとは必ず、こうしてチェレステの体をブラッシングさせてもらうと決めていた。

しばらくチェレステの毛並みを整えてから厩番に預けると、ちょうど別の厩番が鞍をつけたアルトリオの手綱を引いて連れてくるところが目に入る。

どうやらレオンハルトが命じたようだ。

「チェレステばかり構っていてアルトリオが拗ねてしまうといけないから、今日は乗せてもらって離れに戻ろう」

彼はひらりと身軽に愛馬に跨ると、ナザリオに手を差し伸べ、自分の前側に引き上げてくれる。最初に乗せてもらったときは、細身とはいえ男二人を乗せるのは大変なのではないかと気になったが、アルトリオは大きな馬なので、短時間二人を乗せる程度はなんの問題もないらしい。

厩舎をあとにして離れのほうに向かい、黒馬は軽快な速度で進み始める。レオンハルトが操るアルトリオの背中の上にいると、先ほど自分で手綱を握っていたときより何倍も安心できる。

時折通りかかる使用人に頭を下げられ、それに会釈を返しながら馬上散歩を楽しんでいるうち、ナザリオはだんだんと自己嫌悪を感じ始めた。

「――ナザリオ」

背後からレオンハルトがそっと声をかけてくる。

「落ち込まなくていい。常歩は本当にうまくなったし、初めの頃に比べれば、速歩だって見違えるようだ。今日は前回よりもだいぶ長く乗れるようになったじゃないか」

肩に触れた彼が慰めるように言う。

「そうでしょうか……なかなか、思ったように上達できないのが不甲斐なくて……」

もう練習を始めてから丸二か月以上は経っている。週に一、二度はレッスンしてもらってい

るから、チェレステには十数回は乗せてもらっているはずだ。

練習開始当初は、まずレオンハルトがアルトリオに乗るところを見せてもらった。

アルトリオはレオンハルトの指示にすべて的確に従い、速歩はもちろん駈歩も襲歩《しゅうほ》も難なくこなし、命令によってはその場で足踏みをしたり、まるで踊るように軽やかに、ステップを踏むみたいにして進むことまでできた。

人馬が一体となって駆ける彼らはいかにも気持ちが良さそうで、その様子を見ていたナザリオも、自分もいつかはあんなふうにチェレステと走れるようになるのかと期待に胸を膨らませたものだ。

しかし――一から歩法を説明され、今と同じようにレオンハルトに一緒に乗せてもらって感覚を掴んだあとで、いざ自分が初めて乗ってみれば、乗馬はまったく思ったようにいかなかった。

まず、想像以上に馬上の視点は高く、鐙を踏んで鞍の上に乗ると体が安定しない。少しでも速度が上がると体が竦んで、気づけばただ落ちないようにと必死で鬣にしがみつくことしかできなくなってしまう。

レオンハルトが呆れず、チェレステが気長なのに救われているが、これでは振り落とされても文句など言えない。

ゆったりとした速度で離れに戻る道を進むアルトリオの蹄の音を聞きながら、ナザリオが沈んだ気持ちでいると、ふいにレオンハルトが手綱を引き、馬の足が止まる。どうしたんだろうと訊ねる前に、彼が身を屈めてきて、後ろからそっとこめかみに口付けられた。

驚いて振り向いたナザリオの潤んだ目に、苦笑しているレオンハルトの顔が映る。

「すまないな、笑ったのはおかしかったわけじゃない。しょげているあなたがあまりに可愛いから」

そう言ってから、彼はナザリオの髪を撫でた。

「まだレッスンは始めたばかりだ。不安に思うかもしれないが、傍から見ていれば、少しずつでも順調に進んでいる。時間をかけて、少しずつ慣れていけばいい」

慰めてくれる声の優しさに癒やされ、おずおずと訊ねる。

「チェレステは、呆れていませんでしたか？」

ナザリオはピーノとロッコの二匹としか会話はできないが、レオンハルトは動物全般の言葉がわかるそうで、馬たちとも意思の疎通ができる。その質問に、彼は微笑んで首を横に振った。

「いいや、あの子は大人しいからわかり辛いだろうが、あなたを乗せることを楽しんでいるようだ。別れ際には『また来てね』と言っていたよ」

彼はナザリオを元気づけるために嘘を吐くような人ではない。きっとチェレステは本当にそう言っていたのだろうと内心で胸を撫で下ろしていると、レオンハルトが言った。

「必要があれば、専用の馬車と御者をつけさせるし、無理に馬術を学ぶことはない。もし、もう乗るのが嫌だということならいつやめても――」

「や、やめたくありません！」

馬に乗れるようになれば、格段に自由が広がる。必死の気持ちで声を上げたナザリオに、レオンハルトは頷いて答えた。

「そうか。あなたは馬に慣れていないし、大人になってから乗馬を覚えるのは難しい。最初はうまくいかなくて当然だから、焦る必要もない、練習していけば必ずうまくなる。大丈夫だから」

優しく言う彼を見上げる。

「本当に、いつかレオンハルト様のように、上手に乗れるようになるのでしょうか……」

思わず縋るように見つめながら訊くと、彼は破顔した。

「もちろんだとも」

そう言った彼が、鞍を掴むナザリオの手に手を重ねてそっと握った。

「俺は軍に入らなくてはならないから、子供の頃から馬術を叩き込まれている。それに、馬と話せるという反則技も持っているから、うまく乗れて当然なんだ。何年か経ったら、きっとあんなときもあったなと笑えるくらいうまく乗りこなせるようになっているよ。そうしたら一緒に遠乗りに行こう。あなたがチェレステに乗せてやったら、ピーノたちがどんなに大喜びするか」

その言葉に、ナザリオはいつか二人と二匹でそれぞれがアルトリオとチェレステに乗り、美しい野山を駆ける夢のような光景を思い浮かべる。それがいつか現実になりますようにと心の中で祈った。

レオンハルトが手綱を緩め、再び黒馬は裏庭の通路を進み始める。

落ち着いてみれば、すっきりとした薄青の空は遠くまで清々しく晴れ渡り、森に囲まれた庭の空気は澄んでいる。

小鳥たちの可愛らしい囀りを聞きながら、庭園の木々や季節の花々を眺める。ゆっくり進む馬上の散歩は、とても心地がいい。

あっという間に離れに着いてしまい、先に馬から下りたレオンハルトはナザリオを下ろすと、アルトリオの手綱をそばの柵に括りつけた。

「少しここで待っていてくれ。朝食を取ったら、今日は軍の本部に行くから、一緒に出勤しよう」と彼は愛馬に言って、体を撫でる。アルトリオは言われたことがわかったらしく、レオンハルトに鼻面をすり寄せる。それから興味深げに辺りの草の匂いをくんくんと嗅ぎ始めた。

離れの建物に入る前に、レオンハルトがふとその場に屈み、落ちていたつやつやとした木の実をいくつか拾った。「そろそろ起きているだろうから、ピーノたちの土産に」と言っていそいそと懐に収める様子に「あの子たちが喜びます」とナザリオは頬を緩める。ふいに彼はもう一度身を屈めると、自然と根付いたらしく、植え込みのそばに自生していた小さな白い花を一輪摘んで、ナザリオの髪にそっと挿した。

自分が花を挿して似合うものだろうかとナザリオは戸惑う。すると、なぜかまじまじとこちらを眺めた彼がため息を漏らした。

「この可憐な花は、まるであなたのようだと思ったんだが……違ったな」

どういう意味だろうと目を瞬かせていると、レオンハルトは真顔でナザリオの手を取る。

「あなたは、花などよりもずっと綺麗だ」

その言葉に一瞬驚き、続けて、頬がじわじわと熱くなるのを感じる。

「そんな……、ほ、褒めすぎです」

「いや、事実だ。あなたは誰よりも美しい上に、心も澄んでいて、行動は可愛らしい……こうして朝日に包まれて庭の中に立っていると、本物の天使のようだ」

そう言ってから、レオンハルトはなぜか少し迷うように視線を伏せてから続けた。

「俺が教えると、毎朝は時間を作れないから、本当は毎日練習できるように、乗馬の教師をつけたほうが上達が早いのだろうが……あなたには俺が教えてやりたくて、レッスンが週に数日になってしまっている。だから、あなたがなかなか上手くならないと落ち込んでいたのは、俺の勝手のせいもある。我儘を通してすまないと思う」

「我儘だなんて、そんな」

ナザリオは驚いて首を横に振る。

「レオンハルト様に教えてもらえるのはとてもわかりやすいですし、それに、少しでも一緒の時間を過ごせて、僕も嬉しく思っているのです」

その言葉に、レオンハルトは「そう言ってくれるとありがたい」と安堵したように表情を緩める。

それから、じっとナザリオの顔を見つめた。

「……一緒に暮らしているから、あなたが天使ではなく人間だということはちゃんとわかっているはずなのに、こうしているとあなたは……」

背中に彼の腕が回り、体を引き寄せられる。

「いつか俺の手をすり抜けて天界に帰ってしまうのではないかと、いまだに不安になる」

囁きとともに顎を取られて仰のかされ、そっと唇を吸われた。

愛しさだけを注ぎ込むような甘い口付けに、胸の奥が疼くような感覚が走る。もう数え切れないほど口付けをしたというのに、それでもレオンハルトに触れられると、初めて触れられたときと同じほどのときめきがナザリオの胸を満たす。

唇が離れると、赤くなっているであろう頬を隠すようにうつむき、ナザリオは彼の胸元に額を触れさせた。

『天界に帰ってしまうのではないか』という不安は、声音からも表情からも、からかっているわけではなく、レオンハルトが本気で言った言葉なのだとわかる。

もちろん、ナザリオは天使などではない。

それどころか、普通の人より手先は不器用で、ケーキすらもまともに切れず、繕い物すらも苦手だ。早起きをしたり、長い時間祈ったりという教会の奉仕に関わるような仕事は少しも苦にはならないけれど、神官以外の仕事は務まらなさそうなくらいに気も利かない。祖国で暮らしていたときは、失態をしてもし教会を追い出されたら、下働きの使用人としてどこか自分を雇ってくれる家はあるだろうかと不安を感じていたくらいに役立たずな人間なのだ。

特別な占いの力は、そんなふうに何もできない自分を哀れんで、神が授けてくれたものなのではないかと思うほどだ。

だが、できないことがたくさんある、ごく平凡なただの人間である自分を、レオンハルトはこうしていつも褒め、天からの贈り物のように大切にしてくれる。

「……ご心配には及びません、僕はずっと、レオンハルト様のおそばにいます」

身を起こして彼と目を合わせ、ナザリオは微笑む。レオンハルトもやっと表情を緩め、再びナザリオの手を取った。

「もうじき、王位交代の日がくる。代々引き継がれてきたこの国の王冠を受け取れば、王太子で半ば気楽な今とは格段に責任の重みが変わってくる……あなたにも、これまでにはない苦労をかけることがあるかもしれない」

「覚悟しています」

レオンハルトの言葉に、今度はナザリオが頷いた。

よくわかっている。彼が、自分が王位を継ぐことで、ナザリオにも負担をかけるのをずっと危惧しているということを。

だが、たまたま恋に落ちた相手が大国の王太子で、幸運にも想いが通じ合い、彼の伴侶となって、ナザリオは様々な恩恵を与えられた。衰退の一途を辿るばかりだった祖国フィオラノーレへの莫大な支援や、二人と二匹での穏やかで満ち足りた平和な暮らし。けれど、それを受け取るばかりでいてはいけない。

「大丈夫です、僕も微力ながら、あなたの支えになれるようにせいいっぱい努めますから」

自らの胸に手を置いて言うと、レオンハルトが「それは、心強いな」と言って、笑顔になる。

「神官どのの加護があれば、きっとこれからも我が国は安泰だ」

そう言って、彼は恭しくナザリオの手の甲に口付ける。

それから、まるで天界に帰れないようにするみたいに、レオンハルトはナザリオの手をしっかりと握ったまま離れの中に戻った。


『なんとりっぱなどんぐり!!』

『われわれがいただいてよろしいのですか!?』

眠りから目覚めて、二人が戻ってきた足音に気づいたらしい。ちょうど居間に下りてきた小さな二匹は、レオンハルトが持ち帰った立派な木の実を見ると目を輝かせて大喜びした。ピーノははしゃいで一抱えもある木の実に飛びつき、ロッコは感激の顔でレオンハルトとナザリオの顔を交互に眺めている。

「ああ、全部お前たちのものだ」とレオンハルトに言われ、二匹は跳びはねて喜びをあらわにした。しばらく遊ぶと、もらった木の実を大切そうに小さな手に抱え、自分たちの小部屋にしまうためにいそいそと運んでいく。

その様子を目を細めて眺めながら、ナザリオは二階に上がった。寝室と繋がった湯殿で、水で絞った布で汗をかいた体を拭き、着替えてから再び居間に戻る。

王太子夫妻の住まいは、レオンハルトが皇太子時代から使っている、城と渡り廊下で繋がった二階建ての離れだ。

二階に寝室と続き部屋があり、一階にはレオンハルトの書斎と広々とした居間、そしてその脇にナザリオの部屋と、それからピーノたちの宝物を収めるための小部屋がある。

ナザリオたちの部屋は、結婚に際して、防具や武器を収納していた場所をレオンハルトが空けてくれたものだ。二匹のための小部屋はごく小さなものだが、ナザリオの部屋と繋がっていて、使用人が扉の足元に小さなくぐり戸もつけてくれたので、二匹が自由に出入りできる。ピーノとロッコは自分たち専用の部屋をもらったと大感激し、外に出るたびにせっせと木の実や綺麗な葉っぱなどを持って帰っては、大切に棚にしまっているようだ。

普段ナザリオは、居間で過ごすことがほとんどだ。衣服は寝室から繋がる衣装部屋に置いているし、私物もそう多くはない。自分専用の部屋をもらうのはもったいない気がしたが、せっかく彼が用意してくれたので、引き出しには占いの礼でもらった手紙や、レオンハルトからの贈り物を大切にしまい、祖国の儀式用の正装などをそこで保管している。

そうこうしているうちに、カミルが朝食を運んできてくれて、二人と二匹で居間のテーブルにつく。

この国に来た当初は連れてきたことを隠していたので、ナザリオのぶんを分けていたが、今ではちゃんとトレーの上には二匹のための小さな皿が用意されている。ナザリオたちが焼きたてのパンにベーコン、ふわふわに焼かれた卵料理を食べている横で、二匹は新鮮な果物に顔を突っ込み、夢中で食べている。

温かい紅茶を飲み終えると、レオンハルトが席を立った。「では、また夜に」と言って、彼はナザリオの頬に口付けをし、二匹の小さな頭をそれぞれ撫でる。

『『いってらっしゃいませ！』』

声を揃えて言う二匹に笑い、レオンハルトは裏口に繋いだアルトリオの元へと向かった。

カミルが食器を片付けたあと、今朝、ホーグランド大臣の側近から届けられたという伝言を読み上げてくれる。

「本日のご来客は、サンティ家のご姉妹と、フース家のご長男、そして商人のグロッソ様のお孫様、最後がロッセリ卿の妹君の予定となっています」

王太子妃となったあとも、ナザリオは望まれるまま人々の運命の相手を占う日々を送っている。いつも一日に占える限界の五人まで頼まれていて、占い希望客たちのリストはずっと先の日にちまで埋まっているようだ。

「今日も五人いっぱいまでですが、予定通りにお受けして構いませんでしょうか？」とカミルに心配そうに訊ねられ、ナザリオは頷く。

「うん、大丈夫だよ。ありがとう、カミル」

気遣いに礼を言うと、いいえと笑みを浮かべて彼が頭を下げる。

カミルは短髪に細身の使用人で、控えめな性格をしている。この国に着いてからずっとナザリオ付きの使用人として働いてくれているので、だいぶ気心も知れていて、ピーノとロッコのことも大切に扱ってくれる。

クラウスと結婚したティモは、城の二階にある部屋で暮らしている。クラウスは、将来的にはティモとともに、王弟である父から譲り受けた城外の邸宅に移り住みたいと考えていたようだが、王立軍や議会の一員としての任務の都合上、またレオンハルトの右腕となる立場からも、しばらくの間は城内に住むことにしたようだ。

いつもそばにいたティモと離れるのは正直寂しかったが、もしそんなことを一言でも漏らそうものなら、彼は自分自身の幸せを捨ててナザリオのそばに戻ってきてしまいそうなので、ぜったいに言えない。

彼がいないぶんもカミルがあれこれと気遣ってくれるし、元が教会暮らしの平民だったナザリオは、身の回りの基本的なことは自分でできるので、日常生活に不都合はない。

そもそも、離れたとはいえ住まいは同じ城の敷地内にあり、ティモは「ナザリオ様の顔を見ないと落ち着かなくて」などと言っては、午後の茶の時間を見計らい、数日に一度は必ず、いそいそと会いに来てくれているのだから。

ティモの幸せを心から喜びながらも、彼と離れることを内心では不安に思っていたナザリオ自身も、変わらない日常に安堵していた。

――ナザリオが伴侶となるレオンハルトと出会ったのは、一年ほど前のことだ。

あるとき、大陸の北端に位置する貧乏な小国、フィオラノーレで暮らしていたナザリオの元に、大国エスヴァルドから特別な招待状が届けられた。

当時十七歳だったナザリオは、教会と神に奉仕する神官だった。

親がいないナザリオは教会が運営する孤児院で育ち、成長してからは神官となって、教会で働く日々を送っていた。数年前、特別な占いができる力を持っていることがわかり、望まれるがまま人々を占っていたが、次第にその話は人の口を伝って貴族や王族、更には他国にまで広まっていった。そして、話を聞きつけたエスヴァルドの大臣が『我が国の第一王子レオンハルト殿下の結婚相手を占ってもらいたい』と、エスヴァルド国王の名のもとに、ナザリオに招待状を送ってきたのだ。

ナザリオは『見たいと願えば、手を触れた者の運命の相手が見える』という不思議な力を持っている。

しかし、大司教に命じられて出発し、側仕えのティモだけを供にはるばる大国に向かう旅の途中に、事故が起きた。エスヴァルド城を囲む広大な森の中で迷い道にはまり込み、不幸にも馬車の車輪が壊れて、御者をしていたティモが投げ出され、怪我をしてしまったのだ。

そうして、助けを求めて徒歩で入り込んだ深い森の中で、ナザリオは偶然にも旅の目的であるレオンハルトその人と出会った。だが、驚いたことに彼自身はナザリオが招待されたことを知らず、それどころか結婚する気もなくて、占いなどまったく望んではいなかった。

招かれて長旅をしてきたというのに、『ここで帰ってくれないか』と冷ややかに言われ、困り果てたけれど、馬車が壊れ、同行のティモが怪我をした状況を知ると、彼は見捨てることはしなかった。迅速にティモを助けに向かい、王城に運んですぐに王室付きの医師を呼び、彼を丁重に治療させてくれた。そうして、ナザリオとともに滞在することを許してくれたのだ。

それから、大広間で彼の運命の相手を占わせてもらうと予想外の人物が見えたり、筋違いの恨みをぶつけられたナザリオが攫われたところを彼が馬を飛ばして助けに来てくれたりと、様々な出来事があった。勝手に結婚相手を占わせようとした大臣や国王に憤りを感じていたらしいレオンハルトは、出会いのときの態度を真摯に詫び、毎夜のようにナザリオとピーノたち小さな二匹に会いに部屋を訪れるようになった。そんな日々を重ねるうち、次第にナザリオは彼と過ごす時間を待ち侘び、いつしかレオンハルトを特別な存在だと感じ始めていた。同時に、彼の運命の相手を占い終えれば、国に帰り、生涯教会に奉仕しなくてはならない身の上である自らの気持ちに戸惑いを感じるようにもなった。

そんなある日、レオンハルトがフィオラノーレに進軍しようとしていると思い込んだナザリオは、残酷な大司教から彼を守ろうと気持ちを打ち明け、必死の思いで彼を引き留めた。

しかし、ただ国境警備の交代式に赴くところだったレオンハルトは、その誤解を解いたあと、ナザリオに改めて愛を告白し、驚いたことに正式に求婚してくれたのだ。

ナザリオはこの国で彼を支えて生きていくと決意し——その三か月後。王太子と異国から来た神官は国中から祝福されて、盛大な結婚式が執り行われたのだった。

そして結婚後、レオンハルトはナザリオがもっとも気にかけていた祖国、フィオラノーレと国交を深め、困窮する祖国への莫大な支援を進めてくれることになった。

また、ナザリオには大きな気がかりがもう一つあった。

幼い頃からナザリオやティモを含めた孤児院の子供たちは、残虐な大司教ラザロから激しい虐待を受けながら育ってきた。

そのラザロは、虐げてきた元孤児のナザリオと大国の王太子であるレオンハルトの婚約が決まったとわかると、責めを負うことを恐れたのか、運べるだけの金目のものとともに姿を消していた。信頼の置ける新たな大司教が決まり、教会についての心配事は消えたが——残るたった一つの懸念は、ラザロが孤児院から異国の裕福な里親に譲ったはずの子供たちのことだった。

おそらくはラザロによって金貨と引き換えに譲り渡された子供たちが、今無事でいるのか、そして、元気で幸せに暮らしているのかが、同じように孤児院育ちのナザリオとティモにとっては何よりも心配だった。

そこでまずは、支援のためにフィオラノーレの状況の調査をし、同時に密かに子供たちの安否を探るため、レオンハルトの従兄弟であるクラウスがその表と裏の任務を担うことになった。

彼はナザリオの側仕えだったティモと、部下の一団を伴い、フィオラノーレへと赴いた。部下たちに国内を調査させて、どれだけの支援が必要かを確認しながら、水面下で、ティモとともに国王に紹介された貴族の助けを借り、多くの子供たちの行方を秘密裏に調べ上げた。

所在の明らかになった子供たちの多くは大事に育てられていることがわかり、里親が事業に失敗し、暮らしが傾いた家には王侯貴族たちから支援が送られることになって安堵した。

だが、調査の最中に教会の地下にある洞窟に入ったクラウスとティモの二人は、逃げたと装って潜伏していた前大司教のラザロにその場で遭遇し、揉み合いになったティモは大怪我をしてしまった。

旅の間に少しずつティモを気にかけるようになっていたらしいクラウスは、そんな中、自分を守ろうとして命をかけた彼に衝撃を受け、怪我をした上に記憶の混濁した彼の世話をするうちに、自分の中にある明確な気持ちに気づいたようだ。

クラウスはティモに求婚し、彼の怪我が旅に耐えうる程度になるまで待ってから帰国し、王城の大聖堂で結婚式を挙げた。式のあとは、何度も怪我をしたティモの体を癒やすためにと、新婚旅行がてら、しばらく国内の保養地に滞在しに行っていた。

ティモは慎ましい教会の暮らしの中で、いつもナザリオをせいいっぱい支えてきてくれた家族同然の人だ。穏やかで優しいクラウスは、そんな彼を何よりも大切にしてくれる。

自分だけではなく、身内同然のティモもまた愛する人に巡り合い、二人がとても幸せそうなところを見て、ナザリオも心の底からホッとしていた。

エスヴァルドの王城での平和な暮らしに感謝をしつつ、ナザリオは毎日占いをし、祈りを捧げる穏やかな日々を送っていた。


「ナザリオ様、お迎えに参りました」

毎日、決まった時間になると、いつもホーグランド大臣の部下のトマスが迎えに来る。ナザリオが占いに専念できるようにと、代わりに来客の対応をしてくれるためだ。彼に導かれて、いつものように布をかけたカゴを手にしたナザリオは、城の大広間近くに設けられた部屋に向かう。

二間続きの部屋は、来客が付き添いの者とともに待つための控えの間と、占いをする部屋だ。当初は応接室を借りて行っていたが、結婚後、レオンハルトが王城の一室にナザリオが占うための部屋を用意してくれたのだ。

向かい合わせに肘掛け付きの椅子が置かれたゆったりとした部屋は裏庭に面していて、カーテン越しの大きな窓から陽光が射し込んでいる。静かで、落ち着いて占いに集中できる極めてありがたい環境だ。

最初に、一番目に約束が入っていたサンティ家の姉妹を占うことになった。軍人の兄に付き添われてやってきた十代後半の姉妹は双子で、一見では見分けがつかないほどそっくりだ。良家の娘らしく仕立てのいいドレスを纏い、どちらも大人しくて仕草に品がある。

双子は、できれば占う間もそばにいたいと言うので、声を出さず、落ち着いていてもらえるならと了承した。

まず、姉のほうを占う。

「手を出していただけますか」

心配そうな妹がそばの椅子に腰かけて見守る前で、姉が言われた通り手を差し出す。いつものように相手の掌に触れ、互いに目を閉じて心を静めると、ナザリオは深く無の中に沈み込んでいく。

「あなたの運命の相手は……」

見えた相手をそのまま伝えると、どちらも不安そうだった双子が希望に満ちた表情になる。続いて、席を交代し、妹の相手も占った。それぞれの結果を聞いた二人は、頬を染めて手を取り合っている。「ありがとうございます、王太子妃殿下」と、ナザリオに心からの礼を伝えて、待たせていた兄の元に戻り、彼女たちは控えの間をあとにする。

立ち上がってそれを見送るナザリオもまた、ホッとして表情を緩めた。

運命の相手を占い、人々に喜んでもらえることは、ナザリオにとっての使命であり、生きがいだ。

占いの謝礼は個人的には受け取るつもりはなかったが、レオンハルトと相談した上で、この国の孤児院と、それからフィオラノーレの孤児院への寄付としてありがたく受け取り、ホーグランド大臣に頼んで半分ずつ送るように手配してもらうことになっている。

次の相手が入ってくる前に、ちらりと窓際に目を向ける。部屋の隅にあるテーブルに置いたカゴの中では、最近、占いの時間になるとついてくると言って聞かないピーノとロッコが収まり、大人しく昼寝をしている。

不思議な占いの力と、愛らしくて賢い二匹。どちらも、神様がナザリオに授けてくれた素晴らしい宝物だ。

縁あって訪れたこの国で愛する人に巡り合い、幸運にも結ばれて、ナザリオはエスヴァルド王国に骨を埋《うず》めることになった。

こんな穏やかな幸福が自分の人生に訪れるなんて、思ってもみなかったことだ。

――これからも、一人でも望まれるだけ人々の運命の相手を占って、幸福に導く手伝いをし続けていきたい。

部屋に入ってきた次の客に微笑んで挨拶をしながら、この平和な日々が少しでも長く続きますようにと、ナザリオは心の中で祈った。

＊

不穏な出来事は、ある日、占いに城を訪れた親子の頼みから始まった。

「お待たせしました、オルシーニ夫人。イレーネ様はこちらへ」

四人目の客をナザリオが占い終えると、控えの間で待っていた親子にトマスが声をかけに行く。

五人目、今日最後の来客だ。

しかし、しばらくしてもなぜか娘は入ってこず、どうしたことかトマスだけが戻ってくる。

「申し訳ありません、王太子妃殿下」と言う困り顔の彼によると、娘の占いの付き添いで来たはずの夫人がナザリオに話があると言っているようだ。

占いをするときは、本人が強く望まない限り、子供であっても付き添いの者は控えの間で待機してもらうようにしている。本人以外の者がすぐそばにいると、稀に結果が鮮明に見えないことがあり、占いに支障が出る場合があるからだ。

「占いに同席したいというわけではなく、ご相談したいことがあるそうです」

トマスにそう伝えられ、ナザリオは首を傾げる。

「では、ともかく中に入っていただいて」と頼み、占い用の部屋に夫人を招き入れた。

「初めまして、オルシーニ夫人。ご相談とは、いったいどのようなことでしょう？」

そう訊ねながら椅子を勧め、向かい合って座る。

入ってきたのは中流の家柄であるオルシーニ家当主の夫人だ。三十代半ばほどだろうか、ナザリオは初対面だが、オルシーニ夫人は落ち着いた色合いの上品なドレスを纏い、静かな佇まいをした知的な雰囲気の女性だった。

「貴重なお時間をいただいて、申し訳ございません。実は、どうしてもお願いしたいことがありまして……」

手にハンカチを握った彼女は、今日の主役のはずの娘を控室に待たせたまま、密かな相談事を打ち明け始めた。


――つい数時間前。彼女たちが馬車でこの城へと向かう途中のことだ。

道の途中に二頭の馬が止まり、そのそばに蹲っている人影に御者が気づき、主人である彼女に伺いを立てた。

オルシーニ夫人はすぐさま馬車を止めさせると、慌てて引き留めようとする使用人を宥め、自らその場に降りて彼に声をかけた。

「どうなさいました？　どこか具合でも？」

「ああ……ありがとうございます、少し、胸が痛んで……」

ゆっくりと顔を上げた白髪の老人は、額にびっしょりと冷や汗をかいていた。そばにもう一人、側仕えらしき子供がいるが、状況を訊ねても頭を下げたり首を横に振るばかりで、どうやら口がきけないようだとわかった。二人とも路上で暮らす者などではなく、旅支度をしていて、身なりも良く、馬の装具も立派なものだ。

老人はどうやらまともに立てないほど具合が悪いようなので、オルシーニ夫人は急いで御者に頼んで近くの屋敷に助けを求め、医師を呼んでもらおうとしたが、老人は急いでいるからと言って、それを頑なに拒んだ。

「どこに行かれるのかはわかりませんが、まずは少しお休みにならないと、また倒れてしまいますよ」

困惑したが、ともかく御者が持っていた水を与えると、少し痛みが落ち着いたのか、老人はぽつぽつと状況を打ち明け始めた。どうも、彼らは噂に名高い奇跡の占いの力を持つ王太子妃殿下に会い、雇い主の子息の運命の相手を占ってもらうべく、ずっと遠方の街からはるばるとこの王都リヴェラまでやってきたというのだ。

「その、占いを望んでおられる彼らの雇い主のご子息という方が、なんでも重い病に侵されていて、死期が近いそうで……亡くなる前にどうしても彼の希望を叶えて差し上げたいと、ご老人たちは何日も馬を飛ばして、ほとんど休まずにこのリヴェラまで来たそうなんですの」

ともかく、こんな状態では占いどころではないと、オルシーニ夫人は流しの馬車に頼んで彼らを乗せ、一人使用人を付き添わせて、自らの館で休ませることにしたのだという。

医師も呼ぶように伝えたから、今頃は診察を受けているはずだと言う。

「ずいぶん田舎からいらしたのか、ご老人は、王太子妃殿下に占っていただくのが決して簡単なことではなく、望んですぐにお会いできるようなお相手でもない、というのを、どうやら知らずにいたようなのです。側仕えの少年は頷くか首を横に振るしかしてくれなくて、更なる事情を伺うことはまだできていませんが、お話からして、おそらく二人は裕福な田舎貴族に仕えている身なのでしょう」

痛ましげに言う彼女は、よろよろになりながらも王都に辿り着いた老人たちの忠誠心に感銘を受け、深く同情しているようだ。

「わたくしの娘も、友人の伝手をたどってやっと王太子妃様に占っていただけることになりました。ましてや雇い主のご子息が病の床にあるとなれば、ご老人の必死な気持ちは痛いほどよくわかります。娘のイレーネは幸い健康に恵まれていてまだ十代半ばですので、運命の相手を急いで知る必要はありません。またホーグランド様に打診して、改めて一から待てばいいことです」

　オルシーニ夫人は胸の前で手を組み、ナザリオに懇願した。

「ですから、どうかお願いいたします、王太子妃様。不躾な願いとは承知しておりますが、娘の順番をお譲りしますから、代わりにあのご老人の願いを叶えてあげてはくださいませんでしょうか？」

　真剣な彼女の願いを聞き、ナザリオは一瞬考えてからすぐに頷いた。

「お話はよくわかりました。ご老人に手を差し伸べてくださった夫人の優しいお心遣いに感謝いたします。今日のところは、イレーネ様の占いをすることにいたしましょう」

　ナザリオがそう申し出ると、オルシーニ夫人は慌てて手を顔の前で振った。

「い、いいえ、いけません。こうしてご老人のことをお願いした上に、更に王太子妃様のお時間をいただいては……」

「イレーネ様の占いは、今しなければ、また何か月かあとになってしまいます。ずいぶんとお待ちいただいたはずですし、それではせっかく人助けをしてくださったあなた方に申し訳が立ちません」

　ナザリオの占いは常に希望者たちが殺到していて、数か月先まで約束が埋まってしまっている。

ホーグランド大臣が『できる限り公平に』というナザリオの希望をくみ、予定を組んでくれているようだが、そもそも一日最大五人までしか占えないという人数的な制約と、稀に王太子妃としての任務がある日には占いができないという事情もある。更には、どれだけ公平にと言っても、やはり聖職者や高位の貴族を通じて断れない希望者を先にと、無理に捻じ込まれることもあるようで、中流の貴族であればいっそう新たな予定を取ることが難しいはずだ。

そんな中、やっと回ってきたはずの占いの順番なのだ。馬車で通りかかった程度なら、倒れている老人を見捨ててしまう者もいるだろう。だからナザリオは、躊躇わずに老人を助け、館に連れ帰った夫人の慈善心に深く感嘆していた。

ナザリオはおろおろしているオルシーニ夫人に微笑んで説明した。

「心配はいりません。ご老人の雇い主のご子息どのの占いをどうするにせよ、お話の感じから、住まいは何日かはかかる場所のようです。占いは、ご本人と直接お会いしないことにはできないものですし、そもそも、まだご老人がどこの街のどのお館からいらした方なのかもわかりません。まずは詳しいお話を聞かせていただいて、もし私がそちらのお館へ出向くとしたら、王太子殿下の許可をいただく必要もあります」

ナザリオは、不安そうな彼女を安心させるように付け加える。

「遠方から到着したばかりのご老人は、話の前に、何はともあれ医師に診ていただいたあとで、しばし体を休める必要があるでしょう。胸の痛みが一時的なものならばよいのですが……ああ、決して彼を見捨てるつもりはありません。オルシーニ夫人が助けてくださった思い遣《や》りを悪いようにはいたしませんので、ご安心ください」

ナザリオがそう言って微笑むと、ハンカチを握り締めたオルシーニ夫人は安堵したように何度も頷く。

事前にホーグランド大臣が用意してくれた資料に目を通したが、オルシーニ家は古くからたびたび大臣を輩出している家柄なので、ナザリオに占いを求める客を取り仕切っているホーグランド大臣とも付き合いがあるはずだ。

それなのに、愛娘の占いがナザリオがこの国に来てずいぶん経ってからになったのは、いかにも思慮深そうなこの夫人が、適齢期の他の令嬢たちに配慮したからかもしれない。彼女の夫であるオルシーニ大臣は、末端の民への思い遣りを持ち、率先して多くの寄付を欠かさずに周囲の貴族からも一目置かれている存在だと聞く。

ホーグランド大臣やオルシーニ大臣のような、損得を顧みずに行動できる者が議会に参加していることは、この国にとっても、国王代理であるレオンハルトにとっても、とても恵まれたことだと思う。

部屋の隅に控えていたトマスに頼み、まだ遠慮しようとするオルシーニ夫人を控えの間に送らせ、代わりにイレーネを呼んできてもらう。

「初めまして、イレーネ様」

「お、王太子妃殿下、お目にかかれて光栄です」

緊張した面持ちでドレスの裾を持ち、礼儀正しく挨拶をするイレーネの様子は初々しい。まだ十五歳の彼女は、母親にそっくりだ。

いつも通りの手順で、ナザリオは運命の相手を占う。見えた彼女の相手は、どうやら幼馴染みの青年で、本人も憎からず思っている相手らしい。結果を聞き、すぐ相手に思い至って、頬を染めて喜んでいるのが微笑ましかった。

無事に娘の占いが済むと、一緒に控えの間に移動し、オルシーニ夫人にもう少し詳しい状況を聞いた。

「幸い、我が館には部屋が余っていますので、ご老人が体を癒やすまでの間、お預かりするぶんにはいっこうに問題はないのですが……、ただ、ご老人はとても焦っておいでだったのです。おそらく、件《くだん》のご子息の余命が相当短いせいかと……」

憂い顔で言うオルシーニ夫人の言葉に、ナザリオも「そうですか……」と眉を顰めて頷く。

できるだけ早く王太子に相談した上で、のちほど必ず夫人の家を訪れて、その老人から話を聞くことを約束する。

ナザリオは、何度も礼を言って帰っていく親子を見送った。

部屋の扉を閉じて、小さく息を吐くと、テーブルの上のカゴにかけておいた布がパッと跳ね上がる。

すぐに、中から、ぴょこ、ぴょこっと大きな耳を持った小さな二匹が顔を覗かせた。

『ナー様、お出かけなのですか？』

『ならば、われわれもご一緒いたします！』

跳びはねて近寄ってきた二匹をナザリオは慌てて受け止める。

「うん、急いでオルシーニ様のお館に行かなくちゃ。ああ、その前に、まずはレオンハルト様に状況をお話ししておかなくてはね」

外出するなら、馬車を手配してもらわなくてはならない。首都リヴェラを熟知している王室付きの御者ならオルシーニ邸の場所も知っているだろう。

ナザリオは自由な行動を許されてはいるが、以前、誘拐されて命の危険にさらされたことがあった。そのため、出かけるときには必ず事前にレオンハルトに行き先を知らせ、護衛をつけると約束しているのだ。

そもそも、ナザリオが城から出る機会はほとんどない。

エスヴァルドに来てからは、占いをするときはいつも先方から城に来てもらうかたちで、礼がしたいと後日邸宅に招かれることはよくあるけれど、基本的にはすべて丁重に断っている。エスヴァルド王国は、城も敷地も広大だし、必要なものは頼めばなんでも用立ててもらえる。ずっと教会の敷地内で慎ましく暮らしてきたナザリオは、たまに城を囲む森を散歩することはあっても、それよりも外に出る必要性を感じたことがなかった。

当然一緒に行くつもり満々の二匹を服の袖に入れて、カゴを手に持つ。

いつもはトマスが離れまで送ってくれるのだが、今日は送りを丁重に断る。レオンハルトの執務室に行くと伝えると、そこまで送ろうかと言われたが、大丈夫だと断った。

すると彼は、「では私は、占いの予定にどこか新たにお一人、組み込める日があるかどうか、ホーグランド大臣にお伺いしてまいります」と言った。占いの予定は先まで埋まっていても、すでに約束が入っている者から、都合で日にちを変えてほしいという申し出があれば、そこに入れることもできるかもしれないというのだ。

そうしてもらえればありがたいと、礼を言って確認を頼む。状況がわかればすぐに知らせると言って、トマスは去っていった。

そもそも、まだナザリオは雇い主の家名はおろか、老人の名前すら知らない。占いの時間が迫っていて、老人の具合が気になったせいもあって、オルシーニ夫人も訊ねる余裕がなかったようだ。

（……ご老人の雇い主は、いったいどこのどなたなのだろう……）

せめて主人の名前さえわかれば、相手が貴族であれば、事情通のホーグランド大臣か誰かの知り合いかもしれないし、館の場所を調べてもらうこともできるかもしれない。

ともかく、すべては件の老人から詳しく話を聞いてからのことだ。まずはレオンハルトに外出の許可をもらうため、ナザリオは占いの部屋を出て城の二階へと足を向けた。

現在のレオンハルトは、立場としては国王代理だが、実質的にはすでにほとんどの政務を請け負っている身だ。

現国王が五十歳の誕生日を迎えた日に行われるレオンハルトの戴冠式は来月の予定だが、国王の体調を懸念し、この一年で王太子である彼がじょじょに仕事を引き継いでいっている最中だからだ。

とはいえ、以前はほぼ寝たきりだったという国王ルードルフは、偶然ピーノたちと出会ってからというもの、不思議なくらいに元気を取り戻している。

最近では、杖なしでも立ち上がり、ゆっくりとなら城内を散歩することができるほどに体調も良好なようだ。レオンハルトとは実の親子ながら、今もやや複雑な間柄だけれど、国王は異国の人間で平民であるナザリオのことを息子の伴侶として認め、温かく迎え入れてくれた。それは息子への贖罪の念からの行動かもしれないが、反対されることを覚悟していたナザリオにとっては驚きしかなく、素直に感謝の気持ちを抱いていた。

（ええと、レオンハルト様は……今日は、軍の本部に行って、そのあと謁見の間で訪れた人々と面会したあと、今の時間はおそらく執務室にいるはず……）

今日はそれほど忙しくはないと聞いていた。急ぎの用のため、使用人には頼まず、直接許可をもらいにナザリオは自ら執務室に向かう。

国王の執務室は城の本棟の二階にあると聞いているが、場所を聞いたことがあるだけでまだ行ったことはなかった。当たりをつけて二階に上がってはみたものの、部屋が多すぎて案の定迷ってしまった。

「ピーノ、ロッコ。レオンハルト様の執務室の場所は知らない？」

ナザリオよりもよく歩き回って城の中を知っているピーノたちにも訊いてみたが、二匹とも執務室に行ったことはなく、場所もわからないらしい。一人と二匹でおろおろしているうち、ちょうど運良く通りがかった使用人に頼んで案内してもらって、どうにか辿り着く。

案内してくれた使用人が重厚な造りの扉をノックする。返事を聞いてから、使用人が扉を開ける。

「失礼いたします。王太子殿下、王太子妃殿下がおいでです」

促されておそるおそる顔を覗かせると、肘掛け椅子に腰かけていたレオンハルトが驚いた顔で立ち上がるところだった。

「ナザリオ？　どうした、何かあったのか？」

「お仕事中に申し訳ありません。実は、急ぎでお願いしたいことがあるのです」

出てきてくれた彼に肩を抱かれ、中に通されると、室内にいるのはレオンハルトだけではなかった。どっしりとした楕円形の応接用テーブルを囲んで座っていたのは、クラウスともう一人、レオンハルトの軍の部下であるリカルドだ。テーブルの上にあれこれと地図や書類が載っているところを見ると、彼らは仕事の話をしていたところらしい。

「ナザリオどの、ごきげんよう」

「王太子妃殿下、ご機嫌麗しく」

クラウスとリカルドが立ち上がり、それぞれナザリオに丁寧に会釈をしてくれる。

クラウスは現国王の甥で、レオンハルトの従兄弟に当たる。すらりとした長身にさらさらの淡い金髪、澄んだ蒼い瞳を持つ際立った美貌の男性で、とても人目を引く。

リカルド・デ・バルザックのほうは、黒い短髪をした大柄な男だ。彼はレオンハルト率いる王立軍において、次席のクラウスに次ぐ、中将という地位にいる軍人だ。まだ少ししか話をし

たことはないけれど、礼儀正しく真面目そうな雰囲気がある。

椅子や茶を勧められそうになった上、「私たちは席を外そうか？」と訊かれて急いで断る。

「クラウス様、リカルド様、お邪魔してしまってすみません、お伝えすることを済ませたらすぐに出ていきますので」

「ナザリオ、そんなに慌てなくていい」

焦っていると、安心させるようにレオンハルトが背中に触れてきた。

「今話していたのは先々の軍の人事の打ち合わせで、急ぎというわけじゃない。すまないが、二人はそのまま話をしていてくれ」

レオンハルトはクラウスたちにそう言うと、ナザリオを促して窓際を背にして置かれた机のほうへと連れていく。机の脇にある椅子を勧められて腰を下ろすと、左右の袖口から二匹がこそこそと顔を覗かせた。

「やはりお前たちも一緒だったのか」と、レオンハルトが頬を緩める。

『『あっ、でんかー！』』

初めての部屋に来て心配そうだった二匹は、大好きなレオンハルトにおいでと手招きをされると、声を揃えて飛び出てきた。

『われわれはナー様の占いのおともをしてきたのです！』

『そうなのです、今日もナー様をぶじにお守りしてきました！』

可愛い声で訴えるが、この場にいる者の中でナザリオとレオンハルトにしか二匹の言葉は聞こえない。「そうか、ご苦労だったな」と言って二匹を褒めているレオンハルトを見て、応接用の椅子のほうにいるクラウスは微笑み、リカルドは目を丸くしている。

促されてぴょんと机の上に飛び乗った二匹は、レオンハルトから茶菓子として用意されていた糖衣がけのアーモンドを分けてもらい、喜んで食べ始める。

ナザリオはカゴを膝の上に置くと、先ほど訪れたオルシーニ夫人の話を彼に打ち明けた。わかる限りの事情を説明したあと、できるだけ急ぎで夫人の館に向かいたいので、外出の許可と、馬車を用意してもらえないだろうかと頼んでみる。

がっついて喉に詰まらせないようにか、彼はピーノとロッコの様子を見ながら、少しずつアーモンドを与えている。話を聞き終えると、レオンハルトはかすかに眉を顰めた。

「――つまり、その老人はまだ自らの名を名乗ってさえもいない。雇い主に余命短い子息がいるということ以外には、主の家名も、館の場所さえも不明だということだな」

はい、とナザリオは頷く。言われてみれば、頼まれたナザリオどころか、助けの手を差し伸べたオルシーニ夫人にすら、本当にまだ何もかもわからないことばかりだ。

「ただ、ともかくそのご子息には時間がないせいか、大変焦っていらっしゃるようで……まずは詳しいお話を聞いて、占いを求めているご子息がいる館の場所がどこなのか伺いに行きたいと思うのです」

二匹はおやつを食べ終えて、砂糖の粉がついた口をせっせと綺麗にしている。その様子を眺めながら、レオンハルトは腕組みをし、しばし考え込むような様子を見せた。

「——リカルド」

ふいに彼が部下の名を呼ぶ。クラウスと話していたリカルドは「はいっ、ただいま！」と返事をするなりパッと立ち上がり、きびきびとした動きでレオンハルトの机の前までやってきた。

レオンハルトはナザリオから聞いた話をざっと纏め、簡潔にリカルドに説明する。

「ついては、これからオルシーニ大臣の邸宅に行き、夫人が保護している老人の身元を聞き取ってきてもらいたい。併せて、その雇い主と子息についての詳細な情報もだ」

「承知しました」

リカルドの返事を聞いて、ナザリオは慌てた。

「い、いえ、レオンハルト様、行くのでしたら僕が……っ」

すると、レオンハルトがきっぱりと言った。

「名前も身元もまだ不明な者のところに、大切なあなたを行かせられない。リカルドなら剣の腕も立つし、万が一のときにも自分の身を守れる」

そう言われると、ナザリオは何も言えなくなった。

たとえ念のため剣を携えていったとしても、訓練をしたこともない自分にはうまく使いこなせないだろう。

とはいえ、オルシーニ邸には夫人や使用人もいるはずだし、行き倒れていた老人と側仕えの子供という組み合わせで、話を聞きに行くだけのことに危険があるとは考え辛い気がした。

レオンハルトの真剣な声音を聞き、二匹の視線がきょろきょろと二人の間を行き来する。大切な話をしているとわかったのだろう、そろそろとこちらに近づいてきたので、おいでと呼び寄せてナザリオが膝の上のカゴを示すと、ホッとしたのか、ピーノたちは大人しくその中に飛び込んだ。

その様子を見て、レオンハルトはやや声音を和らげて穏やかな口調になる。

「オルシーニ大臣は俺も議会で顔を合わせているし、信頼が置ける相手だ。夫人も慈善心が篤い人だと聞く。偶然行き倒れかけていたという老人を疑っているわけではないが、城に入れる人物を介して、あなたを城の外におびき寄せようとする輩がいないとも限らない。城の中で面会するならともかく、外に出るなら警戒を怠るわけにはいかない。占いがどうこうというより前に、まずは事情を調べ、安全かを確認させてくれ」

仕事の邪魔をした上、彼と彼の部下にまで迷惑をかけてしまうことにナザリオが戸惑っていると、リカルドがそっと口を開いた。

「王太子妃殿下、ご安心ください、レオンハルト様のおっしゃる通り、まずは私がオルシーニ邸に赴き、詳しいお話を伺ってまいりますから」

柔らかい笑みを浮かべて言われ、ナザリオは頭を下げる。

「リカルド様、すみません……ありがとうございます」

「良かったら私も行こうか」

クラウスがそう申し出てくれてぎょっとしたが、レオンハルトは首を横に振った。

「いや、今回はリカルド単独で行ってもらうのが最適だろう。王族であるお前が行くと、『持ち帰り、伺いを立てます』という言い訳が通用しなくなる」

「ああ、そうか……」

クラウスが唇をとんと指で撫でて、納得したように頷く。

「確かに、ご老人の主人とやらがそこそこの家柄ならともかく、万が一にも地方の有力な領主だったりすると、ちょっと面倒なことになりかねないな」

なぜ老人の仕えている家が大きいと厄介なことになるのか、ナザリオがさっぱりわからずにいると、不思議そうな顔に気づいたらしく、クラウスが説明してくれた。

「我が国は広大な土地を持っているからね。首都から遠く離れた場所には、昔から大きな権力を持つ地方領主がいて、ある意味では小国の王のような立場を得ている。とはいえ、正式な招待状を手にしてきた使者ではないから、おそらくはその老人が主に尽くすあまり勝手に暴走しただけなのではないかと思うけれど、彼を粗雑に扱ったように思われて、地元に戻ったとき、王家への反感が高まるのはいささかよろしくない。余命短い領主の子息の願いをないがしろにしたと憤り、その小さな火種が、結果として大きな反乱を招くことがあるからだ」

「そうなのですね……」

ナザリオにとっては、占う相手の家が権力を持っていてもいなくても関係はない。だが、政治的な問題になる可能性があるとすれば、王家として対応を間違うわけにはいかないのだろう。

レオンハルトがやや憤慨したように口を開く。

「そもそも、向こうがいっさいの礼儀を弁えずにあなたとの面会を願い出ているのだから、こちらが譲歩する必要はない」

「そうだな。ナザリオどのの気持ちはよくわかるが、先々占いに応じるにも断るにも、先方の家柄を知っておくに越したことはないってことなんだ」

それを受けて、クラウスがやんわりと付け加えてくれて、ナザリオはおずおずと頷いた。

ホーグランド大臣に確認すると、オルシーニ邸は、城から一時間もかからない首都の邸宅街の中にあるという。

念のため部下を一人伴い、すぐに出発してくれたリカルドは、日暮れより前に城に戻ってきた。

離れに戻っていたナザリオのため、レオンハルトはリカルドを連れてきてくれた。彼が戻ったら、必ず一緒に話を聞かせてもらえるように頼んでおいたからだ。

「リカルド様、お帰りなさいませ。ご足労をおかけしました」

ナザリオが労わりの言葉をかけると、リカルドは「いいえ、王太子妃殿下のお役に立てるなら光栄です」と微笑む。

さっきまで元気いっぱいに遊び、おやつを食べ終えたところだったので、ピーノたちは今、寝室に置いたカゴの中で昼寝をしている。よく眠っているようだったのでおそらく夕食の時間まで起きることはないだろう。二階の様子を窺ってから、静かなことを確認して扉を閉めると、ナザリオはリカルドに椅子を勧めた。そこへカミルが三人分の茶を運んできてくれる。

「――ナザリオにも話してもらえるか」

帰城してすぐにざっと報告は受けたのだろう。レオンハルトが促すと、リカルドはナザリオのほうに顔を向けると、表情を曇らせた。

「王太子妃殿下、申し訳ありません。実は……散々お訊ねしたのですが、ご老人は頑なで、雇い主の家名を私には明かしてくれませんでした」

「え……っ!?」

ナザリオがあっけにとられると、リカルドはオルシーニ邸での出来事を話してくれた。

リカルドが王太子夫妻からの使者だと伝えて訪問すると、オルシーニ夫人は喜々として彼を館に迎え入れた。

医師の見立てでは、老人が倒れたのは疲労のためで、高齢で元々弱っていた心臓に、急ぎの旅のせいで負担がかかったからのようだという。滋養のあるものを食べ、数日よく休めば回復するだろうと言われたようだ。

老人が、自分はイルハンという名で、側仕えの少年はタマルだと告げたことを教えてくれたあと、オルシーニ夫人はやや困ったように言ったそうだ。

『ただ……実はわたくしも、診察をした医師にも、いまだ彼らの主の名を教えていただけていないのです』

助けてくれた恩人である夫人にも伝えないとはどういうことだろうと怪訝に思いながら、リカルドは通された客間で老人と面会した。

旅の疲労を感じさせるものの、寝間着に身を包み、寝台に身を起こした白髪の老人には確かに品があった。それなりに裕福な家に仕えている使用人なのだろうということが、リカルドにも伝わってきたようだ。

「主の家柄はわからないながら、礼儀をもって丁寧に訊ねたつもりだったのですが……どれだけ訊いても、肝心の主の名が彼の口から出ることはありませんでした」

リカルドによると、イルハンは、王太子妃に占いをという以前の問題として、まずは使者の自分が彼らの仕えている家と、それから詳しい事情を伺いに来たと告げると、明らかに落胆した様子だったらしい。

そして、イルハンは切実な面持ちで言った。

『主君のために、自らの意思で密かにやってきたので、家名も主の名も言うわけにはまいりません。ですが、王太子妃様に直接お会いできれば、すべてお伝えいたします』

だから、どうか妃殿下に会わせてほしい――。

そう言ったきり、口を噤んでしまったのだという。

そばにいたタマルは十二、三歳くらいの綺麗な顔立ちをした少年で、オルシーニ夫人が言った通り、一言も言葉を発しなかったそうだ。リカルドが何か質問すると、頷いたり首を横に振ったりするだけで最低限の意思の疎通ができるのみだ。筆談をしようとすると、文字が書けないのか首を横に振るので、彼からは詳しい話を聞くことはできなかった。

結局、老人と少年の名前がわかっただけで、それ以上の収穫はないまま、リカルドはやむなく帰路につくしかなかったらしい。

「最低限、まず主君の家名を明かしてくれないことには、王太子妃殿下に会わせることはできないと伝えたのですが、それでも、イルハンどのの口を開かせることはできませんでした。ふがいない限りです」

すまなそうなリカルドの言葉に、レオンハルトが「いや、ご苦労だった」と労う。

ナザリオもまた「そうです、リカルド様が行ってくださってとても助かりました」と力強く付け加える。

「これはナザリオ以外なら誰が行っても同じことだ。俺が行ったとしても、何も聞き出すことはできなかっただろう」

レオンハルトはそう言ってから、ふいに自問自答するように呟いた。

「しかし、その老人は、どうしてそんなにも頑なに口を噤む？　勝手に首都まで来たことが主に知られると罰されるということか？　いや……占いは仕えている主の子息自身の望みなのだから、そんなはずはないな。いったいなぜ、そんなにも主家の名を隠そうとするのか」

顎に手を当てたレオンハルトは怪訝そうだ。ナザリオにも、その理由は皆目見当すらつかなかった。

そもそも、異国から嫁いできたナザリオは、家名を伝えられたところでよほど有名な家柄でない限り知らない名がほとんどだ。

いっぽう、レオンハルトたちはエスヴァルドで生まれ育った身なので、国内の有力貴族や地方領主の家名はそのほとんどが頭に入っている。そんな彼らの耳にも、どこかの領主の子息が死の床にいるという話は聞こえてはいないらしい。

イルハンたちは、もしかしたらかなり遠方から来たのだろうか——。

三人で頭を悩ませているうち、ふと思いついたようにリカルドが口を開いた。

「そういえば……イルハンどのと話をしたとき、わずかに言葉に訛りを感じたような気がしたんです」

「訛り？　どの地方のものだ？」

レオンハルトが食いつく。

広大なエスヴァルド王国には、各地方によって独特な訛りがある地域が存在するという。イルハンがどこから来たのか、せめて出身の地方だけでもわかれば『余命短い子息がいる領主』と見当をつけて、仕えている家を探すことも可能かもしれない。

だが、リカルドは申し訳なさそうに首を横に振った。

「その……それが、いろいろ考えてみたのですが、どこの地方にも思い当たらないような、少々不思議な訛りでして……彼が話したのは、ごく短い言葉だけでしたので、もしかしたら私の気のせいなのかもしれません」

リカルドはすまなそうに項垂れる。

「いや、気にするな。それに、たとえ訛りがわかっても、イルハンの出身地がわかるだけで、それと同じ地方にある家に仕えているとは限らないしな」

レオンハルトは考える様子を見せながら、やや苦い顔で続けた。

「本来であれば、事情はどうあれ、家名も名乗らない礼儀知らずな者を王太子妃に会わせるわけにはいかない。そう突っぱねるべきだが、今回は慈善心に篤いオルシーニ夫人が絡んでいる。イルハンの願いを退ければ、おそらく夫の大臣が議会に意見を上げて、しつこく追及してくることだろう」

しばし考え込むように黙ったあとで、彼はナザリオに目を向けた。

「イルハンは数日休めば回復するようだから、体調を整えてから城を訪ねてくるようにとオルシーニ夫人に伝えよう」

「い、いいのですか？」

彼が渋々とでも譲歩してくれたことに、ナザリオは驚く。

「ああ、仕方ない。面会場所がこの城であれば、どのような事態にも対応できる。ただ、占いを引き受けるかどうかについてはまだ断言しないでもらいたい。イルハンとの面会には、念のため俺も同席する……それで、構わないか？」

ナザリオは慌ててこくこくと頷く。

彼は国王代理として忙しく任務をこなしている。そんな中でもナザリオの希望のために、わざわざ時間を割いてくれようとしているのだ。申し訳ない気持ちはあったが、レオンハルトが同席してくれるなら安心だ。

頭ごなしにすべてを排除しようとはしない彼の心の広さに、じわじわと感謝の気持ちが湧いてくる。

「ありがとうございます、レオンハルト様……」

思わずホッとして礼を言うと、彼はわずかに口の端を上げる。それから、膝の上で握り締めていたナザリオの手をそっと握った。

「優しいあなたが、主の余命短い子息のために必死な老人の力になってやりたいと思う気持ちはよくわかるからな。イルハンの態度は不可解だが、今は目をつぶる。俺もできるだけのことはしよう」

背中に腕を回され、抱き寄せられて、そっとこめかみの辺りに彼の唇が触れる。

優しいのは彼のほうだ、と逞しい胸元に身を預けかけて、ハッとする。慌てて目をやると、リカルドは礼儀正しく目を伏せてくれている。

顔が真っ赤になるのを感じながら、ナザリオは伴侶の心の広さに改めて尊敬の念を抱いていた。


――しかしその翌日、事態は急展開し始めた。

よほど急いでいたらしく、再度向かわせた使者からナザリオと面会できる条件を聞くと、明くる日には、早々にイルハンたちが訪ねてきたという知らせが届いたのだ。

訪問は、ちょうどナザリオが予定が入っていた占いを終える頃合いで、知らせを受けたレオンハルトが占いの部屋まで来てくれた。ナザリオはピーノたちを袖の中に入れて、「決して出てきてはいけないよ？」と言い含めると、レオンハルトとともに城の応接の間に向かった。

彼が命じたのだろう、部屋の前には見張りのためか、警護の軍人が二人立っていた。応接の間に入ると、付き添いとしてオルシーニ夫人も同行していた。困惑顔の彼女は、レオンハルトも同席することに驚き、「突然押しかけて申し訳ありません。イルハンどのが、どうしても、一刻も早く王太子妃様にお会いしなくてはと言うので」とナザリオたちに深々と頭を下げて謝罪してきた。

そうして、ようやく面会できたイルハンは、白髪に整えた白い髭の、ほっそりとした老人だった。

まだ疲労が取れきっていないせいか、少々やつれてはいるものの、確かにどこか知的な雰囲気がある。着ている衣服も、地味だが仕立ての良さそうな品だ。言葉を話さないという側仕えのタマルも、黒髪を項のところで結んだ、賢そうな容貌の少年である。

だが、応接の間で向き合い、涙ながらにすべてを打ち明けたイルハンの話はあまりにも予想外で、ナザリオたちを仰天させるようなものだった。

「昨日お越しいただいた城からの使者様や、ご親切にもお助けくださったオルシーニ夫人にすら、家名をお伝えできなかったのは本当に申し訳ありませんでした。心苦しく思っておりましたが、それには、やむを得ない理由があるのです」

実はイルハンの主君は、エスヴァルドの地方領主ではなく——なんと彼は、隣国ヴィオランテの王家に仕える者だというのだ。

彼の主君は隣国の国王であり、その命により、第二王子に仕えている。つまり、国王の許可を得ないまま、ナディル王子の願いのために国境を越えてやってきたようだ。

大陸の公用語を話しているが、確かに、やや彼の言葉には訛りがある。イルハンと話したリカルドが『どこの地方の訛りか思い当たらない』と言っていたのも当然だ。彼らはこのエスヴアルドの民ではなかったのだから。

詳しい話を聞くと、イルハンの主であるヴィオランテの第二王子ナディルは、まだ二十代の若さでありながら、少しずつ体が動かなくなるという珍しい病に侵されているそうだ。国王は国中に通達を出して薬を探させているが、特効薬はいまだ見つかっておらず、これまでに発症した者は数年内に必ず命を落としているのだという。すでにナディルは寝台から起き上がることができないほど容態が悪く、馬や馬車での移動も困難で、彼自らがエスヴァルドを訪れることはかなり難しい状態らしい。

「ですから、後生でございます。無礼や無理を承知の上でお願いいたします。どうかどうか、ナディル王子殿下の最後の願いのために、王太子妃殿下ナザリオ様、我がヴィオランテを訪問し、あの奇跡の占いをしてはいただけないでしょうか?」

願い通り隣国に赴き、ナディル王子の運命の相手を占いさえすれば、不躾ながら王子は資産から相当額の謝礼を用意するつもりがある、とイルハンは訴える。

どうか、と白髪の老人は涙で頬を濡らし、頭を膝の上にこすりつけるようにしてナザリオに懇願してきた。

イルハンの頼み事には、大きな問題が二つあった。

（まさか、よりによって、あのヴィオランテから来た者だったなんて……）

このエスヴァルドは、西方の隣国であるヴィオランテとは、今でこそそれなりに均衡を保っているが、古くから長い間対立関係にあった。国境で激しい戦を重ねてきたという因縁を持っていて、今でも両国間には最低限の国交があるのみなのだ。

もう一つには、時期的な問題もあった。

レオンハルトは父である国王が五十歳の誕生日を迎える来月、王位交代のための戴冠式を控えている。国を挙げての重要な儀式で、各国の主要王族も招いている。

当然、伴侶であるナザリオもその式には出席する予定となっている。

しかし、もしイルハンの望み通り、ナザリオがヴィオランテに赴いて占いをするとなると、往復で一か月近くもの時間がかかってしまう。

つまり、来月行われるレオンハルトの戴冠式までに戻れるか、ぎりぎりの距離というわけだ。

二重の意味で難しい頼み事にナザリオが動揺していると、黙って話を聞いていたレオンハルトが硬い声で口を開いた。

「――事情は承知した。重い病とは大変お辛いことだ。心から同情する。我が国の首都リヴェラには多くの商人が訪れる。もしその病に効きそうな薬が見つかれば、すぐにでも貴国の国王宛てに使者を送ろう」

「で、では……」

イルハンが、希望を見いだしたかのように上擦った声を出す。だが、レオンハルトが続けたのは冷ややかな言葉だった。

「第二王子殿下の快癒を祈っている。ただ……その件とは別で、我が王太子妃を貴国に出向かせることはできない」

ナザリオはその答えに思わず息を呑んだ。

「王太子殿下、どうか、そうおっしゃらずに今一度ご一考を……っ　ナディル王子殿下のお命は、もう次の年を迎えられそうもないと言われているのです」

タマルは涙ぐみ、イルハンは必死で食い下がろうとしたけれど、レオンハルトは聞く耳を持たなかった。

「国王を説得して正式な使者を立て、城で我が父に面会して頼んでくるのならばともかく、老人と子供の哀れな使用人二人ばかりを寄越して思い遣り深い王太子妃を情で絆そうとするなど、そもそもやり方を間違えている。貴国が我がエスヴァルドを軽んじているのだということは、よくわかった」

イルハンはもう何も言えず、その顔色は倒れそうなほど真っ青だ。

彼はたどたどしく、国を通じて正式な招待状を送れなかったのは、国王がエスヴァルド側に頼むことを渋ったからだということを伝えた。使者を送りたいという第二王子の願いは、隣国の王太子妃を招くなど……といい顔をされず、結局今に至るまで、国王からはナザリオを招待する許可が下りていないそうだ。

「それならば、尚更無理だ。もし、王太子妃がそちらの国にいる間に、国王にその事実が知れたらどうなる？　命の危険がある。ぜったいに行かせるわけにはいかないな」

淡々とした口調だが、取りつく島もないような言葉に、ナザリオも驚く。彼は昨日、『できるだけのことはしよう』と言ってくれたはずだ。状況が変わったにせよ、依頼してきた相手が余命いくばくもない病人であることに変わりはないのに。

「レオンハルト様、ですが……っ」

言いかけて、ナザリオは言葉を呑み込んだ。

こちらに向けたレオンハルトの目が、いつになく険しい色を帯びている。

想いが通じ合った今では、ナザリオは彼が本当はとても心の温かい人だとよく知っている。日々優しすぎるほど甘やかされているけれど、その表情に、ふいに初めて森で出会ったときの彼の冷徹ぶりが蘇った。

それ以上口を挟むこともできずに混乱していると、彼は再びイルハンたちのほうに目を向けて、きっぱりと言い切った。

「名乗りもせず、密かに我が妃に接触しようとした無礼は、今回だけは不問にする。旅に耐えうるよう回復するまでの滞在も見逃そう。その代わり、しばしの休息を取ったあとは、速やかにヴィオランテに帰国されよ」

そう言うと、ナザリオの手を引き、呆然とする彼らを置いて、レオンハルトは応接室をあとにした。

＊

その夜、レオンハルトが離れの部屋に戻ってきたのは、夕食も済み、すっかり夜も更けた頃だった。

彼と話をしなくてはと、夕食と湯浴みを済ませたあとも眠らずに居間で待ち構えていたナザリオは、入ってきたレオンハルトを見てホッとした。

「レオンハルト様、お帰りなさいませ」

立ち上がって出迎えると、彼は小さく笑みを浮かべ「待っていてくれたのか」とどこか気まずそうに言った。

「遅くなってすまない、話があってさっきまで父の部屋に行っていたんだ」

ここのところ、レオンハルトはたびたびルードルフ王の部屋に足を運んでいる。だんだんと近づいてきた王位交代に関して、いろいろと話すべきことがあるからだ。長く断絶状態にあった親子が、儀式のためであったとしても少しずつ交流を始められたことを、ナザリオも嬉しく思っていた。

彼は何か小さな包みを手にしている。おそらく、ピーノたちへの土産の菓子だろう。

ちらりとレオンハルトが視線を向けたソファの上には、いつもの布をかけたカゴが置いてある。ピーノとロッコがお気に入りのいつもの寝床だ。

「あの子たちも一緒にお待ちしていたのですが、夕食でお腹いっぱいになったら眠ってしまって」と言うと、彼は頷き「そうか。ではあとで欲しがったらやってくれ」と言い、今日は焼き菓子だという包みをテーブルの上に置く。

今日はレオンハルトが戻るまで一緒に起きている、と言い張っていた二匹は、美味しい夕食をお腹《なか》いっぱい食べたあと、彼の帰りを待ちながら、ナザリオの膝の上でうとうとし始めた。熟睡しているところをそっとカゴの中に入れたばかりなので、すぐには起きないだろう。

「……僕、お話ししなければならないことがあるのです」

そう切り出すと、とりあえず座ろう、と言う彼にソファのほうへと導かれる。

斜め向かいの位置に腰を下ろしたレオンハルトは、軍服の襟元を緩めながら口を開いた。

「あなたの言いたいことはわかっている。だが、どう説得されようとも、今回のことだけは許可できない」

再度頼むよりも前に、ナザリオの言い分を断固として却下してから、彼は続ける。

「調べさせたところ、隣国のナディル王子が重い病にかかっているという話は真実のようだが……」

彼らの前では要望を即座に退けたものの、どうやらレオンハルトはイルハンの言い分の真偽をきちんと確かめてくれたらしい。一瞬わずかな希望を抱きかけたが、彼が出した結論は、ナザリオの願いとは違うものだった。

「もし、ナディル王子が本気であなたに占いをしてもらいたいというのなら、もっとまともな使者を立てて頼んでくるはずだ。それなのに、こんな風にいちかばちか、あなたの情に訴えるようなやり方を選んだことが不可解だ。もしかしたら国王だけでなく、王子自身もまた今回のことは知らず、王子のことを思ったイルハンが勝手に暴走している可能性もなくはないが、その場合は、たとえあなたが隣国に赴いても歓迎されるか不明だし、むしろ勝手をした使用人に余命少ない王子が逆上しないとも限らない。更に、あなたが招かれたことを知らない国王派の者に見つかっても、同様に身の危険がある。向こうの状況を詳しく調べさせるにしても、今は時期が悪すぎて、時間が足りない」

レオンハルトはまっすぐにナザリオを見て言った。

「安全が確保できない以上、行かせるわけにはいかない。今回だけは、諦めてくれ」

「で、ですが、レオンハルト様。今回の占いは、第二王子殿下の……最後の願いなのです」

自由な暮らしを送らせてもらっているが、ナザリオはレオンハルトの伴侶であり、現エスヴァルドの王太子妃だ。彼の伴侶として、なるべく自分勝手な行動はしないように、普段はできる限り気をつけているつもりだが、死に瀕した者の切実な願いを無視することはどうしてもできない。

縋るような気持ちでそう言うと、彼は膝の上で握り締めていたナザリオの手を取った。

「それでも駄目だ。病は不憫だと思うし、手助けできることがあればしたいと思うのは本当だが、先方の対応はあまりに無礼すぎる。あなたが危険を侵して願いを叶えに行ったところで、賓客として礼儀を保った扱いをされるかもわからない。そんな国に、あなたを安易に行かせるわけにはいかない」

レオンハルトは眉を顰めて言った。

「しかも、死を目前とした者の相手を占うとしたら、運命の相手が見えない可能性だってないわけじゃないだろう。そのときに向こうの国が、感謝どころか、あなたにどんな無礼な対応をするか……想像もしたくないな」

自分の占いは完璧ではなく、相手が見えないこともある、という話は、面会した際にイルハンにも伝えていた。しかし彼はいっさい引くことはなく『それでも構わないのです』と言うばかりだった。イルハンは手ぶらで国に帰るわけにはいかないようだった。おそらく、ナディル王子には死の前に心残りがあるのだろう。見えてほしい相手がすでにいて、天に召される前に、どうしても自らの運命の相手を知りたいのかもしれない――。

そのとき、ソファの上に置いたカゴがかすかに揺れた。目が覚めてしまったのか、ピーノたちが布の間から顔を出し、もぞもぞと一匹ずつ起き出してくる。

『でんかぁ、お帰りなさいませぇ……』

まだ眠そうなピーノがそう言いながら、よろよろとレオンハルトの膝の上に乗る。

『もしかして、けんかしているのですか？』と、ソファの上にちょこんとお座りをしたロッコのほうは、小さな両手でこしこしと目をこすりながら、耳を伏せて心配顔だ。

「ご、ごめんね、大丈夫、喧嘩はしていないよ」

まだ眠いのだろう、抱っこして撫でてやると、ピーノは目を閉じる。ロッコも寄ってきたので、二匹纏めて抱き上げ、そっとカゴに戻すと、二匹は眠り足りなかったのか、くっついて再び眠りの中に戻った。少し迷ったが、ここでこのまま話していると、また起こしてしまうかもしれない。

「すみません、ちょっとこの子たちを寝室で寝かせてきます」

そう言い置き、いったん二階に上がろうとすると、立ち上がったレオンハルトが「俺が行こう」と言ってカゴを丁重な手つきで受け取る。

二階に上がり、しばらくしてから居間に戻ってきた彼は、待っていたナザリオの斜め向かいに再び腰を下ろす。

「先ほどの話は、どこまでしても堂々巡りだ。もうこれでおしまいにしよう」

そう言われても、ナザリオはまだ諦めることができなかった。

頼みを断られたときの青褪めたイルハンの顔と、絶望したタマルの顔が頭をよぎる。あんなに憔悴するほど必死に馬を走らせて、彼らはどんな思いでこの国までやってきたのだろう。

なんとかしてレオンハルトの懸念を払拭して、同時に、彼らの願いをも叶えられるような方法はないものか――。

悩みの中でうつむいているナザリオの頬に、そっと彼が手を触れた。顔を上げると、レオンハルトは困ったような顔をして小さく口の端を上げた。

「そんな目をしないでくれ。悲しそうなあなたの顔を見ているだけで、俺こそ絆されてしまいそうになる。まさか、俺がどんなにあなたに惚れているかわかっていて、あえてしているのか？」

「い、いえ、そんなつもりは――」

頤《おとがい》に指をかけられ、否定しようとした唇を、彼の唇で優しく塞がれる。何度か重ねられながら、背中に回された腕に力が籠もり、レオンハルトの隣に引き寄せられた。

大人しく従うと、いっそう口付けが深くなる。

「ん……、ん……ぅ」

密着した彼の体は衣服越しにも硬くて熱い。情熱的な口付けに蕩けそうになりながら、ナザリオは先ほど自分が『そんなつもりはない』と否定しかけた言葉は、誤りだったと気づいた。

レオンハルトは自分にまっすぐな愛を向け、いつもその意思を優先しようとしてくれる。ナザリオは、それをよく知っている。

――だから、心のどこかで、最終的には今回も、彼は自分の願いをどうにかして叶えてくれるのではないかと思っていたのだ。

気づかずにいた自分の心の中の甘えに驚く。いつの間にこんなにも欲深い考えを持ってしまったのかと、自己嫌悪に陥った。

そんな心の内を知ってか知らずか、彼は口付けを解くと、ナザリオの頬を愛しげに撫でた。

「……隣国になど、行かせるわけにはいかない」

ナザリオはじっと彼を見つめる。

「他の頼みならなんでも叶える。祖国であるフィオラノーレへの支援をもっと増やしてもいい。あなたは贅沢を望まない人だし、豪華な衣装も宝石も欲しがらない。気分転換になるなら新しい離宮を建ててもいいし、評判のいい楽団でも歌手でも、世界中から招こう。あなたが喜ぶのなら、世界中からどんなものでも取り寄せるし、何頭でも最高の血統の馬を買う。俺にできることはなんだってしてやる」

普段あまり考えたことはないけれど、レオンハルトが持つ資産は相当なものだ。

剣や防具、愛馬にはじゅうぶんな金をかけているようだが、それ以外のことはあまり贅沢を好まず、物を大切にして長く愛用している。結婚後はナザリオも自由に使えるようにと個人的な金庫の鍵を渡されそうになったけれど、なくすのが怖くて断り、いまだ一度も使ったことはない。

甘やかしてはくれるが、こんなふうにいかにも金の有り余っている王族といったような言い方をされたのは初めてで、嬉しいと思うよりもナザリオは戸惑った。

ナザリオの手を取って、指の付け根や掌に口付けながら、彼は焦れたように囁いた。

「わからないのか？　俺は、あなたを誰よりも大切に思っている。もうじき王位につく……その俺の心臓をこの手に握っているのは、まさにあなただ」

「レオンハルト様……」

「このエスヴァルドで、王城からどんな宝を盗み出すよりも、あなた自身を連れ出すことが大きな痛手となる。病床にいるナディル王子自身ははめようと考えていなくとも、周囲の者が何かを画策するかもしれない。これが罠でない保証はどこにもないんだ」

レオンハルトはナザリオの手を握ったまま、静かに身を離す。

「もし、向こうの国になんらかの企みを持つ者がいて、あなたを人質に取られたら？　俺は決して冷静でなどいられない。まともに奪還の戦略を立てることもできなくなって、どんな行動にでるか自分でもわからない。余命短い王子と、老いた使用人の切なる願いを撥《は》ねつけた俺が無情に思えるかもしれない。今はわかってはもらえないかもしれないが……愛しているからこそ、今回の頼みだけは聞けない」

そう言うと、レオンハルトはゆっくりと立ち上がった。

「どうかわかってくれ。俺はあなたを守るために軟禁したり、閉じ込めたりはしたくないんだ」

髪を撫でながら言われて、愕然とした。

これまでずっとレオンハルトが自分に対等な立場を取り、礼儀を守って接してくれていたから、忘れかけていた。

立場や身分差から言えば、やろうと思えば彼は無理にでも自分に言うことを聞かせられるのだということを——。

「レオンハルト様……僕は……」

もし、ここまで言われてもナザリオが我儘を押し通し、同意を得ないまま隣国に行こうとしたら、レオンハルトは自分を閉じ込めるのだろうか。

ナザリオは彼を尊敬し、全幅の信頼を置いていた。その言葉が信じられず、レオンハルトを見上げたまま、言葉が出なくなった。

どこかから、コト、コトン、と小さな音がする。

なんだろう、と思っていると、彼はちらりと階段のほうに目を向ける。「またあの子たちが起きたようだな」と呟いてから身を屈め、ナザリオの髪に優しく口付けた。

「……少し考えなくてはならないこともあるし、まだ仕事も残っている。今日は別の部屋で寝るから、ゆっくり休んでくれ」

「え……ど、どこへ行かれるのですか？」

ナザリオは動揺した。

「執務室の続き部屋にも、仮眠を取るための寝台があるんだ。そこで……ああ、来たぞ」

説明しかけて、レオンハルトが目を細めた。

カリカリと扉を引っかく音がした。立ち上がった彼が扉を開けてやると、そこには階段を下りてきたらしいピーノたち二匹がいて、急いでぴょんと彼の脚にしがみついてよじ登った。

『でんか、われわれはお腹がすきました！』

『そうなのです、今夜のおやつはどこですか？』

「ああ、ちゃんと持って帰ったから、ナザリオにもらうといい。俺はこれから仕事に戻るが、お前たち、今夜はナー様を頼んだぞ？」

二匹にそう言うと、はーい、とピーノたちは声を合わせて元気よく返事をする。

『お仕事おつかれさまです！』

『われわれがナー様をお守りしますのでご安心ください！』

口々に言う二匹を抱き上げると、こちらへと戻ってきた彼がナザリオにそっと手渡してくる。

あっという間にテーブルの上にある包みを見つけた二匹は、喜んでそれをくんくんし始める。

ナザリオがその包みを開けて、香ばしい香りのするクッキーを皿に出してやると、二匹は目を輝かせてかぶりついた。

その様子を眺めてから、レオンハルトはナザリオに目を向ける。

「おやすみ、ナザリオ」と言って、どこか名残惜しげにナザリオの髪を撫でると、彼は身を翻す。

「お、おやすみなさい……」

引き留めることもできず、レオンハルトは部屋を出ていってしまった。

＊

「それは、お悩みになるのも無理ありませんよね……」

困ったようなティモの言葉に、ナザリオはうん、と小さく頷く。

どうやらクラウスからざっくりと話を聞いたらしく、翌朝、珍しく朝食を済ませて間もない頃に、ティモが離れを訪ねてきてくれた。

ピーノたち二匹はナザリオの膝の上で、ティモが持ってきてくれた干した甘い果物を美味しそうに頬張っている。

カミルが運んできてくれた茶を飲みながら、改めてナザリオが状況を説明すると、聞き終えたティモは眉を顰めた。

「ヴィオランテの第二王子様のお加減は心配ですし、使用人のご老人の気持ちも痛いくらいにわかりますけど、やはり大切なナザリオ様の身に万が一のことがあっては……」

「でも、あのご老人の様子を見ると、嘘を吐いたり、僕を罠にはめようとしているとは到底思えないんだ」

必死な気持ちで訴えると、ティモは「ええ、もちろんそうでしょうとも」と言って、何度も頷いてくれた。

「ですが……やはりレオンハルト様の戴冠式が来月にあるという今の時期に、ナザリオ様に隣国に来てもらいたいというのは、かなり無理なお願いですよね」

冷静に言われて、ナザリオも「それは、そうなんだけれど……」と口籠もる。

「クラウス様にお訊きしましたら、ここからヴィオランテの国境までは馬で五日ほど、馬車なら六、七日はかかるそうじゃないですか。そこからまた第二王子様のお住まいまで移動するとなると、とんぼ返りをしても、往復で最低二十日は必要でしょう？　今、ナザリオ様がそんなに長く王城を留守にすることはできないと、先方だって分かっていると思いますよ」

ティモは気遣うように優しく言った。

「ナザリオ様はお優しいから、どうにかして差し上げたいと思う気持ちも、私にはとてもよくわかります。ですが、旅の道中にもし何か問題が起きて、戴冠式に間に合わなかったりすれば、それこそ大きな問題になってしまいます」

確かにそうだ。ナザリオ自身にもよくわかっていた。だが、どうしてもあの老人が王子を思う、切実な声が頭から離れない。

「……レオンハルト様も、きっと今夜はお戻りになりますよ」

ティモが元気づけるように言ってくれる。

レオンハルトは昨夜出ていったあと、朝になっても戻ってこなかった。だからナザリオは、朝食も扉のほうを気にするピーノたちとともに寂しく済ませた。

寂しければ、いつでも自分を呼んでくれと言ってくれるけれど、ティモはもうナザリオの側仕えではない。自分の勝手でまだ新婚のティモを呼んでしまうのは、少しでも長く彼とともに過ごしたいだろうクラウスに申し訳ないと感じる。

おやつを食べ終わり、口元を綺麗にしたピーノとロッコは、眠くなったのか、ナザリオの左右の袖に自らもそもそと入り込んだ。

二匹の尻尾がナザリオの袖の中に消えるのを微笑んで眺めたあと、ティモがそっと手を伸ばし、膝の上に置いたナザリオの手に触れた。

「でも……もし、ナザリオ様がどうしても行かれるのでしたら、私はお供します」

「そ、そんな、だめだよ。ティモに万が一のことがあったら大変だ、この間も大怪我をして、やっと治ったばかりなのに」

半年ほど前のことだ。ティモはナザリオの頼みで祖国フィオラノーレに戻り、その際に起きた事件から岩塩の洞窟にある地底湖の岩場に落ち、一時は意識が混濁するほどの大怪我をしたのだ。

エスヴァルドに来るときだって馬車から落ちて膝を怪我したし、もうティモを危険にさらすことはぜったいにできない。

しかしティモは、ナザリオがそう言っても頑として譲らなかった。

「危険があるからこそ、もしも何かあったときにナザリオ様をお守りするために行くんです。お一人で行かせるわけにはいきませんからね」

もし行くと決まったなら、絶対に自分も同行するから教えてほしい、と鼻息荒く断言して、ティモは帰っていく。

ティモを見送って扉を閉めると、袖の中から眠そうな顔の二匹がぴょこ、ぴょこっとそれぞれ顔を出した。

『ナー様、びおらんてにいかれるのですか？』

『ならば、われわれもごいっしょするのです！』

ピーノの言葉に、ロッコもこっくりと大きな耳を揺らして頷く。

『『ナー様が売られないように、お守りせねば！』』

二匹は声を揃えて決意を言い合い、非常食としてどのどんぐりを持っていくかをあれこれと話し合ったあと、満足したように可愛いあくびをし、またナザリオの袖の中にすぽんと潜り込む。

二匹は賢いから、以前ナザリオが恨みを買ったとある貴族の陰謀によって、まさに隣国であるヴィオランテに売られそうになったことをまだしっかりと覚えているようだ。

「そんなにたびたび、売られるような事件は起きないよ……」

思わず呟くと、ナザリオは深くため息を吐く。

ティモに話を聞いてもらえたのはありがたかったが、逆に一人と二匹から、ぜったいに同行すると言い出されてしまうなんて。

もちろん、皆の気持ちはとても嬉しいけれど、結果的に、余計悩み事が増えてしまった。

クラウスの大切な伴侶であり、自分の身内も同然なティモと、何物にも代え難い宝物である小さな二匹は、もし奇跡的にレオンハルトから旅を許してもらえることになったとしても、決して隣国に連れていくわけにはいかないのに――。

悩んでいる間に時間が過ぎ、控えの間に今日約束が入っている客が着いたようだ、とカミルが知らせにきてくれる。

すやすやと気持ちよさそうに眠っている二匹をそっとカゴの中に移し、占いの部屋に行くための支度をしながら、ナザリオはふとレオンハルトのことを思った。

彼はナザリオの願いを責めず、ただ言葉を尽くして、どうしても許可できない理由を誠実に説明してくれた。それでも納得できずにいるナザリオに焦れた様子だったが、ナザリオの気持ちを否定することはしなかった。

（レオンハルト様も、もしかしたらこんな気持ちだったのかな……）

大切な人は安全な場所にいてほしいし、危険にさらしたくはない。

ナザリオだって、もしレオンハルトが国交のほとんどない隣国に赴くとなれば心配するだろう。いくら彼が剣の腕に優れ、有能な部下たちのいる隊を率いているとしても、不安が消えるわけではない。

それを、剣一つ使いこなせず、馬もまだ上手に乗れないナザリオが行きたいと言い出したのだから、彼の言い分が正しいのは明白だ。

しかも、レオンハルトの戴冠式までは、あと一か月と少し——隣国のナディル王子がどこに住んでいるのかはわからないが、国境からヴィオランテの首都コルキスまでは五日ほどかかると聞く。もしそのあたりだとするなら、目的を果たしてすぐに戻ったところで、ぎりぎり戴冠式に間に合うか際どいところだ。

(せめて、オルシーニ夫人とイルハン、それからナディル王子殿下に、心を込めてお詫びの手紙を書こう……)

来月執り行われる戴冠式がすべて滞りなく終わったあと、改めてエスヴァルドの国王となったレオンハルトに向けて正式に使者を送ってもらえれば、そのときは、もしかしたら彼も考え直してくれるかもしれない。

——それまで、どうかナディル王子殿下の命の灯が持ち堪えてくれますように。

もはやナザリオにはそう祈ることしかできなかった。

＊

翌日、ナザリオは使いの者をオルシーニ邸に向かわせた。イルハンへの見舞いの品を持たせ、今回はどうしても意に沿えないことを丁重に詫びる手紙を添えておく。

戻ってきた使者が託されたのは、オルシーニ夫人からの手紙だった。その返事によると、ナザリオが手紙を送る前に、城からも使者が来ていて、イルハンの医療費や滞在費は城で持つことを伝えられたそうだ。おそらく、レオンハルトの采配だろう。更に、夫人の夫であるオルシーニ大臣は、イルハンの正体は伏せつつ、夫人が道端で倒れていた老人を助けて医師を呼び、心を尽くして看病したことが議会で取り上げられたそうだ。彼は改めて、夫人の善行を褒め称えられ、王太子から褒賞を与えられたらしい。損得を顧みないオルシーニ夫人の行動が報われて、ナザリオも嬉しかった。

褒賞に感謝を伝える彼女の返事には、イルハンの様子も書かれていた。数日休んで体調はだいぶ回復したようだが、王太子にきっぱりと断られて以来、彼はすっかり落ち込んでいて、目を離すと首を括ってしまいそうなのが心配でたまらないのだという。

（それは、そうだよね…）

その手紙を読むと、遠方から希望を抱いてやってきただろう彼らに、何もしてやれない自分が歯がゆく、ナザリオも沈んだ気持ちになった。

老人の願いも、レオンハルトの気持ちや立場も、どちらも痛いほどよくわかる。

だが、今の自分は王太子妃であり、もうじきレオンハルトの戴冠とともに、大国の王妃となる身だ。

王妃になりたいと願ったことは一度もなかったが、彼を愛し、結婚すると決めたときに、これからは自由がなくなり、重い責任が伸しかかるであろうことは覚悟していたはずだった。それなのに今もまだ、ナザリオは死を目前にした異国の王子の切なる願いを叶えてやりたくて、自分の希望と課せられた王家の立場との間で悩んでいる。

その日もまた、ナザリオはレオンハルトがいない夜を過ごした。

翌日の午後、来客が到着する時間の前に、ナザリオは城の敷地内に立つ大聖堂に向かった。いつものカゴは手に持ち、ピーノたちは服の両袖の中に入っている。

大聖堂内にはぽつぽつと人の姿があった。瀟洒な彫刻が美しい入り口の扉は、儀式がある日以外は解放されていて、城の敷地に入れる者なら、誰もが入って祈ることができるようになっているのだ。

ナザリオもまた、彼の存在に気づいて頭を下げてくれる信徒たちに会釈を返してから、静かに端の席につき、手を組んで祈りを捧げた。

（ヴィオランテの第二王子、ナディル殿下の病が、どうか少しでも快方に向かいますように……）

心を静めて目を閉じていると、袖の中から二匹がそっと出てきて両肩に乗り、一緒に祈りを捧げてくれる。

それから占いの部屋に行き、約束の入っていた五人の占いを終えてから、また離れの部屋に戻る。夕食を済ませ、夜が更けても、レオンハルトはやはり帰ってきてはくれない。

扉のほうを気にしながら日記を書いていると、それまでやけに大人しく遊んでいた二匹が、ぴょんとナザリオの前にやってきた。

『ナー様ぁ、泣かないでくださいませ』

ピーノが悲しげに耳も尻尾も垂らして訴えた。

「どうしたの、僕は泣いてないよ？」

驚いてそう言うと、今度はロッコまでもが『ナー様がかなしんでおられると、われわれもかなしいのです』と目をウルウルさせている。

ナザリオは泣いていないが、内心で落ち込んでいることが、いつも一緒にいる二匹には伝わってしまったのかもしれない。

『でんかがお願いを聞いてくださらないのなら、われわれがおじいちゃまにお願いしてきましょうか？』と言われて、思わずぎょっとする。

二匹は現国王であるルードルフにすっかり懐いていて、『おじいちゃま』と呼び、実の孫のように可愛がられている。もし、この子たちが国王陛下に頼んだりしたら、ルードルフは目の中に入れても痛くないほどの二匹の願いを叶えるため、息子であるレオンハルトと揉めないとも限らない。

「う、ううん、大丈夫！　国王陛下にお伝えしたら、もっと大事《おおごと》になっちゃう。それに、今の時期にご心配をおかけするわけにはいかないし……」

小さな二匹にまで気苦労をかけてしまったことが情けない。

「ごめんね……本当に大丈夫。レオンハルト様がお戻りになられたら、ちゃんと話をして、仲直りするから」

落ち込んでいるのは、切実な願いを果たしてやれず、沈んでいるイルハンの様子を手紙で知ったからというのもあるが――一番は、やはりレオンハルトのことだった。

執務室の続き部屋で休むと言って出ていったあの夜から、レオンハルトはナザリオとともに暮らす離れでは眠らなくなってしまったのだ。

まったく顔を見られない、というわけではない。

何度か、朝食の時間に合わせて戻ってきてくれて、一緒に食事を取った。

更に、週に一、二回は、晩餐の間で王族たちが集まり、夕食を取ることになっている。そこには、現王妃である義母と義弟のユリアン、クラウスとティモ夫妻もいる。ナザリオが席につくと、少し遅れて隣の席にレオンハルトもついた。食事をしながら、彼は何も変わりはないか、困ったことは？と密かに様子を訊ね、しばらく忙しくて、なかなか離れに戻れないことを詫びてくれた。

そんなふうに、最低でも一日に一度は顔を見せてくれてはいるのだが——どうしてか、彼は夜には決してこの離れに戻ってきてくれないのだ。

毎夜、料理番からはレオンハルトが頼んでおいてくれた豪華なお菓子が届けられて、ピーノたちは元気いっぱいに大喜びしている。二匹を不安にさせない気遣いがありがたく、それとともに、ナザリオはよりいっそう深い自己嫌悪に陥った。

（僕が自分の立場も考えずに、我儘を言いすぎたから、優しいレオンハルト様を怒らせてしまったのかもしれない……）

レオンハルトがそばにいないまま、時間は過ぎていく。

ナザリオは毎日、約束の入っている人々に乞われるまま占いをして、祈りを捧げる。少し前に王室御用達の仕立て職人が離れを訪れ、戴冠式に着る衣装はすでに採寸も済み、先日仮縫いの寸法合わせをした。もうじき仕上がってくるだろう。

儀式の当日は、各国の王族や国内の貴族に地方領主など、国中から多くの招待客が訪れるため、それらを取り仕切るホーグランド大臣は今、準備のために眠る暇もないほど忙しく駆けずり回っているらしい。

だからきっと、儀式の準備と元々の王太子としての職務、それに国王代理の政務までをも担っているレオンハルトもまた、仕事に忙殺されているのは本当のことなのだと思う。

クラウスを通じて、レオンハルトがしばらくの間夜不在にしていることが伝わったのか、テイモがたびたび離れを訪れては必死に元気づけてくれる。使用人のカミルもナザリオたちがぎくしゃくしていることに気づいたらしく、下がるように言われるまでそばにいてくれたりと、細やかな気遣いをしてくれる。

皆の思い遣りに癒やされるけれど、必ずともに休んでいた寝台に彼がいないのには大きな違和感があり、朝目覚めるたび、驚くほど寂しさが込み上げた。

きっと、『隣国行きは諦めます』とひとこと言えば、レオンハルトは帰ってきてくれる。

また二人と二匹で幸せな日々が過ごせるはずだ。

だが、そう言えば、ナザリオは死の淵にいる者の最後の願いを見捨てた自分を忘れられず、ずっと後悔し続けるだろう。だから、たとえ行くことはできなくても、決してその言葉を口にすることはできない。

それでも、本音ではそう言ってしまいたくなるほど、レオンハルトに帰ってきてほしかった。

改めて、自分が彼をどんなに必要としているのかに気づかされる。深い反省と自戒に囚われ、レオンハルトが戻ってきてくれることを願いながら、ナザリオはなかなか寝つけない夜を過ごしていた。


夜が更けた頃、夕食も湯浴みも終えて、寝間着に着替えたナザリオは、テーブルに向かって手紙を書いていた。

レオンハルトが夜帰ってこなくなってから、もう一週間になる。もしかしたら、戴冠式が終わるまでずっとこのままなのだろうかと、ナザリオの不安は大きくなるばかりだ。

そのとき、そばで互いの尻尾を掴もうとして追いかけっこをして遊んでいた二匹が、唐突に動きを止め、耳と尻尾をぴんと立てた。

どうしたの、と訊くまでもなく、扉が開く音がして誰かが入ってくる。カミルだろうか、と何げなく思ってから、ハッとした。

——ノックをせずにこの部屋を訪れる者は、この世に一人だけだ。

やはり、入ってきたのは、白い箱を手に持ったレオンハルトだった。

『でんか、お帰りなさいませぇーー!!』

『お帰りを、毎晩お待ちしておりました！』

喜々として跳びはね、自分を迎えに来た二匹を見て、彼は精悍な頬を緩める。

「ああ、ただいま」

二匹を纏めて右の肩に乗せたレオンハルトが、小さな頭を撫でてやりながらこちらにやってくる。慌てて立ち上がり、ナザリオが何か言おうとする前に、ロッコが声を上げた。

『でんか、お願いがあるのです！』

『われわれがお守りするので、ナー様をびおらんてに行かせてあげてくださいませ！』

続けられたピーノのびっくりなお願いに、ナザリオは驚いて、レオンハルトと目を見合わせた。

『そうです、われわれがかならずナー様をお守りします！　お願いです、でんか！』

ロッコにも頼まれ、レオンハルトがかすかに目を瞠った。

「……お前たちのお願いはよくわかった。ナザリオとちゃんと話をするから、心配しなくて大丈夫だ」

そう言うと、彼は二匹を肩に乗せたままナザリオのところにやってきた。

「お、お帰りなさいませ、レオンハルト様」

「ただいま、ナザリオ」

穏やかに笑ったレオンハルトが、少し屈んでナザリオの頬にそっと口付ける。

すぐに身を離した彼は、照れ隠しのように「さあ、今夜のおやつを持ってきたぞ」と言って、テーブルの上に置いた箱を開けた。

今夜のおやつは、こんがりとした綺麗な焼き色のついた大きなかぼちゃのパイだった。生地には、炒った香ばしいかぼちゃの種や様々な木の実のかけらが乗せられていて、まだ焼きたてなのか、美味しそうな香りが漂う。

二匹は大喜びで、彼が手早く自分たちに切り分けてくれたパイに夢中でかぶりつく。

暖炉にかかっていたやかんで二人分の茶を淹れると、ナザリオもパイの分け前に与った。さくさくした触感のパイ生地と、しっとりとしたかぼちゃの甘さが絶妙で、思わず笑顔になる。

「とっても美味しいです」と言うと、そうか、とレオンハルトも口の端を上げた。

王族が揃う晩餐の間での夕食は、二匹と一緒に食べることはできないので、やむなく部屋に残し、カミルに食事を与えてもらっている。

だから、二人と二匹でこうして夜のおやつを食べるのは、丸一週間ぶりだ。

もりもりとパイを頬張る二匹を二人で微笑ましく眺める。隣を見れば、レオンハルトがいる。

これまでは当然だったことがただ嬉しくて、自然と目の奥が熱くなった。

泣かないようになんとか堪えていると、自分たちの分のパイを食べ終わった二匹が、箱の中の残りのパイを名残惜しそうに見つめている。

「も、もう少しあげようか」

もう一口ずつナザリオの皿から分けてやって、満足した後、いつものように丁寧に口を綺麗にしてから、二匹はせっせと全身の毛繕いを始める。

パイを食べ終えて、茶を飲みながらその様子を見守っているうち、小さな二匹の目が蕩けて、どちらもだんだんと眠そうな顔になる。そう経たないうちに、二匹はナザリオの膝の上でくっついて丸くなった。

きっとレオンハルトが帰ってきてくれて、この子たちも嬉しかったのだろう、大はしゃぎしたあとのピーノとロッコの安心し切った寝顔を見ると、ナザリオもホッとした。

しばらく撫でた後、起こさないようにふわふわの毛並みを抱き上げてそっとカゴに移し、眩しくないよう上から布をかけてやる。

「ここのところ、夜は留守にしていてすまなかった」

二匹が熟睡するのを見計らってから、レオンハルトがぽつりと口を開く。

「でも、一人の夜も、ずっとあなたのことを考えていたよ。この離れで待っているあなたと、それから可愛い二匹……俺の大切な家族のことを」

〝家族〟と言われて、じんわりと胸が熱くなる。その言葉だけで、この一週間の夜の孤独を拭い去ってもらえた気がした。

ナザリオは「僕もです」と小さな声で答えた。

しばしの沈黙が落ちて、ナザリオはずっと考えていたことを口にした。

「……僕はこれまで、占いを自分の意思で断ったことは一度もないのです」

今は報酬を受け取っているが、自分のためではない。子供の頃は、知り合いに頼まれれば無報酬でも可能な限り占ったし、それで誰かが笑顔になり、幸福を掴んでくれることがただ嬉しかった。

無力な自分には、ナディル王子の病を取り去ってやることも、寿命を延ばしてやることもできない。

ならばせめてヴィオランテに行き、病に伏せている彼が天に召される前に、最後の願いを叶えてやりたい。

心残りを消してから、天国に旅立たせてやりたい――それが、神からこの力を授かった自分のせめてもの使命だと思うからだ。

そこまで言ってから、ナザリオは零れそうになる涙を堪える。

「それなのに、あなたに嫌われてしまったかもしれないと思うと、今度はそのことで頭がいっぱいになって……」

静かに聞いていてくれたレオンハルトが、ぴくりと肩を揺らす。

「僕の希望は無謀で、あなたに呆れられて当然だと思います。でも、知ってしまった以上、諦められなくて……」

頤に手がかけられ、顔を上げさせられる。潤んだ視界に映ったレオンハルトは、焦れたような目でこちらを射貫いている。

「も、もう、愛想を尽かされてしまいましたか……？」

そう言った瞬間、ナザリオは硬い腕の中にきつく抱き込まれていた。鼓膜に吹き込むように、耳元で囁かれる。

「そんなわけあるはずがない。俺が、どれだけあなたに夢中だと思う？　このくらいのことで愛想を尽かせるなら、むしろ楽なくらいだ」

レオンハルトが小さく息を吐く。

「あなたの希望なら、本当はどんなことであっても叶えてやりたい、と言っただろう。だが、今回の件は時期的に俺が同行できない……だから、どうしてもあなたの身の安全を守り切れるという保証がないんだ」

彼が腕の力を緩め、ナザリオの顔を間近からじっと見つめてくる。

「ナザリオ……俺は、怖いくらいあなたに溺れている。それなのに、もし、あなたを隣国に行かせて何かあったら、俺は……」

続く言葉を、息を詰めて待っていると、予想外の言葉が聞こえた。

「もはや後先など考えられず、我が軍を隣国に投入してしまうかもしれない」

衝撃的な言葉に息を呑む。

「レオンハルト様……そんな」

「もし、エスヴァルドの王立軍が動けば、大陸に戦争が起こるだろう。ここ数十年の間、周辺国とは均衡を保っているが、一つ崩れれば、その隙を突いて攻め入ってくる国があるかもしれない。我が国の軍は鉄壁だが、周辺をぐるりと他国に囲まれているから、何か国かが手を組めば厳しいことになる。決して油断はできない」

彼は冷静な声で言う。

各国が敵対し、多くの民の命が失われた戦乱の時代を過ぎ、ようやく平和を築き上げた国々に、一つの戦が大きな火種を落としてしまう。

彼が考えていたことを知って、ナザリオは驚愕していた。

確かに、大国エスヴァルドにおいて、王立軍の現在の最高指揮官代理である彼は、千、万といった大軍を動かす権限を持っている。

——死の淵にいる者に最後の救いを与えたい。

そんなナザリオ個人のささやかな願いというだけの話では済まなくなるのだ。

エスヴァルド王国の王太子妃が、敵対国である隣国を密かに訪れれば、たとえ招いた王子自身にはなんの企みもなかったとしても、他の人々までもがそうとは限らない。

そして、万が一ナザリオの身に何か起きてしまえば、レオンハルトは戴冠式どころではなくなる。

自分の浅はかな願いが、伴侶である彼だけではなく、平和を築き上げた大国エスヴァルドを、ひいては大陸の安寧までもを揺らがせてしまうかもしれないなんて——。

レオンハルトは、自分とはまったく違う次元の悩みを抱えていた。

「……ごめんなさい」とナザリオは震える声で謝った。

戦争なんて、ぜったいに起こしてはならない。

考えなしな自分が恥ずかしい。それと同時に、自らの結婚相手が、どれほどの重責をその身に背負っているのかを改めて思い知らされた。

レオンハルトはナザリオの肩を撫で、静かに口を開いた。

「明日、オルシーニ家に使いを送る。軍の者をつけて送らせるから、イルハンたちには三日後に、ヴィオランテに向けて発つように伝えるつもりだ」

その言葉に、彼がイルハンたちを国に返すのだと気づき、ナザリオは絶望を感じた。

だがもう、我儘を言うことはできない。

わかりました、と言って頷く。

うつむいた瞬間に頬に零れた涙を、レオンハルトがそっと指先で拭ってくれる。

「ナザリオ、俺を愛しているか？」

問いかけられ、こくこく、と何度も頷く。

脇に手を入れられて軽々と持ち上げられ、ソファに座った彼の膝の上に乗せられる。

背中に回ってきた腕にぎゅうっと痛いくらいに抱き締められ、やや荒々しい口付けで唇を塞がれた。

差し込んだ舌で咥内を探り、執拗なほど深く唇を吸われる。そのすべてを従順に受け止めていると、唇をわずかに離してレオンハルトが囁いた。

「……どこにも行けないように、あなたを俺に繋ぎ留めておけたらいいのに」

繋ぎ留めてほしい、という願いがナザリオの胸に湧いた。必死で彼の硬い背中に腕を回し、しがみつく。

自分の願いで、これ以上彼を苦しめてはいけない。

だが、伝えようとした言葉は、再びの情熱的な口付けに呑み込まれて、レオンハルトには届かなかった。

＊

それから二日の間、ナザリオは沈んだ気持ちでいた。

占いの約束が入っている時間だけはどうにか気持ちを奮い立たせていつも通りに振る舞ったが、それ以外のときは、自分の無力さを感じて、ただぼんやりと考え込んでしまう。

最後の希望は、戴冠式が無事に終わったあとまでナディル王子が持ち堪えてくれることだが、そう前向きに考えようとしても、思えば思うほど気持ちは暗くなる。

レオンハルトにきっぱりと断られて、イルハンは激しく絶望し、首を括ってしまいそうなほどに憔悴していたという。そもそも、それだけのことができる時間が残っているのであれば、最初から国王を説得し、王家を通じて正式な依頼がきたのではないか。

つまり、ナディル王子の命は、両王家の間で公式なやりとりを交わし、招待を受けたナザリオが到着するまで持つ可能性自体が限りなくわずかな状況なのだろう。

（イルハン様に、ナディル殿下へのお詫びの手紙を託そう……）

それ以外に自分にできることといえば、もはやナディルのために祈ることだけだ。

手紙を書いたあとは、時間の許す限り教会に行き、ナザリオは一心に祈りを捧げた。

そうして、イルハンたちが国境に発つのは明日、という日がきた。

ナザリオがいつものように朝の祈りを終えたところへ、着替えを済ませたレオンハルトが寝室から出てくる。

二日前の夜に帰ってきたあと、彼は再び儀式の準備に忙殺されている。昨夜もずいぶんと遅くなり、待っていたナザリオがうとうとする頃になってようやく帰ってきた。

目が合うと、彼はナザリオをまっすぐに見つめて、落ち着いた声で言った。

「明日の朝、イルハンたちが出発する際に……あなたにも、馬車を用意させる」

「え……」

信じ難い言葉に、目を瞠る。訊ねようとする声が震えた。

「それは……」

「ああ。散々考えた挙げ句の苦渋の選択だ――ヴィオランテに行くことを許す」

耳に入った言葉が信じられなかった。何が起きたのかわからない。驚いたことに、レオンハルトはナザリオに隣国に赴く許可をくれるというのだ。

「ここ何日か、ずっと悩んでいた。昨日のうちにクラウスに相談して、隣国行きの一行を率いるよう頼んだ。彼は快く応じてくれたよ。あなたを守るために、考えられる限り最高の警護をつけるから」

一瞬、まだティモと結婚して間もないクラウスに同行してもらうことに心苦しさを感じたが、それに気づいたのか、レオンハルトが口の端を上げた。

「計画はもう纏めたから、決して遠慮したり、断ろうとしたりはしないでくれ。厳重な警護を受け入れることが、出発を許す最低限の条件だ」

そう言われると、もう諦めるなどとは言えなくなった。クラウスを外してほしいとも言えない。ティモのためにも、怪我をさせずにクラウスをこの国に無事帰さねばならない。

まだ呆然としているナザリオを見つめて、レオンハルトは続けた。

「それから、リカルドと俺の近衛隊の者の編成で、あなたの乗る馬車を警護させる」

近衛隊はレオンハルトの直属の部下たちで、王立軍の中でも若く家柄も良く、剣の腕前も美貌も何もかもが際立った、選び抜かれた精鋭揃いだ。

それから彼は、「旅の間、たとえどんなときも一人になってはいけない」とナザリオにきつく言い含めた。

何が起きても、リカルドかクラウスが必ず守ってくれる。

戴冠式に間に合えばいいが、もし難しければ無理はしなくていい。何よりも身の安全と、命を優先すること。

――必ず、無事にここへ帰るように、と。

ナザリオは真剣な顔で必死に頷いた。

先日の話を聞いたあとでは、彼がいったいどんな気持ちでこの決断を下したのかと想像しただけで、胸が痛いほどに苦しくなる。

「……隣国で第二王子殿下の占いをして、必ず全員、無事に戻ってきます」

彼の前で誓うと、レオンハルトがフッと表情を緩めた。

ぜったいにだぞ、という囁きとともに、ナザリオは彼の腕の中に痛いほどきつく抱き締められていた。

＊

唐突に、翌朝の出発が決まり、にわかに慌ただしく準備が始まった。

ほぼ毎日入っている占いの予定については、申し訳ないがいったんすべて保留にしてもらうしかない。必ずまた占うから、約束をした人たちには帰国後まで待ってもらえないかと、占いの希望者たちを取り纏めてくれているホーグランド大臣に頼んでみた。

すると、大臣のところには、すでにレオンハルトから連絡がいっていた。戴冠式の準備のため、しばらく王太子妃殿下は多忙になる。占いは式が終わってから、様子を見て再開するということで話がついているそうだ。

「ナザリオ様は、これまでずっと、毎日のように人々を占い続けてくださいました。皆とても感謝していますし、少し自分の番が延びたからといって、占いを待ち望んでいる者たちも決して文句など言いませんよ」と大臣は快く応じ、何も心配はいらないと言ってくれた。これからトマスに命じ、直近で約束の入っていた人々には使者を送って、占いの予定を調整してくれるという。

急いで旅の支度を済ませなくてはならないけれど、旅に必要なものはカミルがぬかりなく手配してくれて、最低限、往復に必要なだけの荷造りをする。

レオンハルトによると、ヴィオランテまでの道中はできる限り宿を取れるようにするそうだが、何日かは野営になる日もあるようだ。

食べ物や水、天幕などは、レオンハルトの部下がすべて調えてくれるという。

帰国するイルハンとタマルは、それぞれ国から連れてきた馬に乗る。そして、クラウスと近衛隊の八人の騎馬、更に御者が操る二台の荷物用の馬車に、ナザリオを乗せた馬車、総勢十二人の一行となる予定だ。

ばたばたと離れで荷造りをしているところへ、ティモが血相を変えてやってきた。

彼は「まさかカミルを連れていくおつもりではないですよね？　私はすでに準備万端整っていますので、いつでも出発できますよ！」と言うから、ナザリオは困り果ててしまった。

ナザリオはレオンハルトに『身の回りのことは自分でできますから、世話をする使用人は連れていきません』と伝えていた。レオンハルトはどうも気心の知れたカミルをつけようと考えていたようだが、ナザリオはわずかでも危険があるなら、軍人以外の者は誰も連れていきたくない。少しもめたが、最終的に彼はナザリオの気持ちを尊重してくれた。

当然、ティモもカミルと同じで、連れてはいけないのに。

「もしかして、この子たちも行くのですか？」

ティモは、ソファの上でせっせと保存の利くおやつや木の実をカゴの奥に詰め、旅の準備をしているらしいピーノたちをちらりと見る。

「ええと……うん、本当は置いていくべきか悩んだんだけど、レオンハルト様が、連れていったほうがいいとおっしゃって」

『何かあったとき、この子たちがそばにいたほうがいい。きっとあなたを守ってくれるし、それに、この子たちがいれば、何があっても無事に帰るのだという後押しにもなるだろう』

そう言って、レオンハルトは迷うナザリオの背中をそっと押した。しかも、二匹がそれを聞いてしまっては、もう同行は決定事項となり、前言撤回は無理なほど大はしゃぎするのも当然のことだ。

二匹はもうどう言い含めても聞かず、結局、『連れていかない』という選択肢自体がなくなってしまったのだ。

それを聞くと、ティモはホッとした顔になる。

「私だって、この子たちと同じくらいにはお役に立ちますよ！　この子たちが行くなら、私もご一緒して構いませんよね!?」

「でもね、ティモ……」

ナザリオはうまく断り切れずに青くなる。子供の頃からそばで世話を焼いてくれたティモの言い分には弱いのだ。必死に言い含めたがわかってもらえず、なんとかクラウスに彼を説得してもらえないかと悩んでいると、旅支度が整った夕方、呼んでもいないうちにクラウスはなぜかティモを伴って離れにやってきた。

クラウスは少し困った顔で微笑み、彼に連れられたティモは、なぜかしょんぼりしている。

「どうなさったのですか？」

何かあったのかと部屋に通して、椅子を勧めると、ティモの隣に腰を下ろしたクラウスが説明してくれた。

「実は、隣国への旅には、私も同行をすることになっていたんだが、少々事情が変わってね……私よりも適任な者が名乗りを上げたらしく、残念ながら、今回は城に残ることになったんだ」

「そうなのですか」

その者は剣の腕もお墨付きで、クラウスとしても、ナザリオの護衛としてリカルドに引けを取らないと太鼓判を押すほどの人物だという。代々軍人の家柄で、血統も申し分ない者なので、安心して任せて大丈夫だと言われた。

カミルが茶を運んできてくれて、二人に勧めたが、ティモは悄然と項垂れたままだ。

「ティモ、いったいどうしたの？」

声をかけると、顔を上げた彼はほとんど泣きそうだ。

「どうか私も同行させてほしいと、クラウス様を通じて王太子殿下に願い出たのですが、今回は駄目だと……ナザリオ様が皆の身の安全のため、側仕えも供の者も、警護以外は誰も連れていかないと決めているからと、きっぱりと断られてしまったんです」

どうも、レオンハルトがあらかじめ手を回してくれたようだ。ティモを危険な目に遭わせずに済むと、ナザリオは内心でホッとしたが、こんなにも落ち込んでいる彼を見ると、安堵の顔を見せるわけにもいかない。

「あのね、ティモ……今回の旅は、レオンハルト様が有能な近衛隊の方々をつけてくださるから、本当に何も心配はいらないんだよ」

「でも、もしナザリオ様に何かあったら……」

ナザリオは言いかけたティモの手を取ってぎゅっと握った。

「大丈夫だよ。ほら、レオンハルト様の部下のリカルド様がついてくれるし、しかも、クラウス様が保証してくださるほどの方にもついていただけるそうだ。戴冠式もあるし、隣国で占いを終えたらすぐに戻ってくるから。ほら、ティモには戴冠式で、僕のそばについてもらうことになっているでしょう？　だから、そんな顔しないで、ちゃんと食べてよく眠って、どうか元気に僕の帰りを待っていてほしい。もし、帰国したときにティモが痩せていたり、万が一病気にでもなってしまっていたら、僕は隣国に行ったことを後悔しなきゃならなくなるから」

ね、と言うと、ティモは零れそうな涙を堪え、顔を上げて必死に頷く。

むしろ、クラウスが残ってくれることになってよかった。彼がそばにいてくれるならティモのことは心配いらないだろう。

「そうだよティモ。ナザリオどののことは軍の精鋭が必ず守る。彼らは普段、レーヴェの警護を務めている者たちだ。国内でも屈指の剣の腕を持つ軍人たちだから、なんの心配もいらないんだ」

そっと肩を抱いて彼を優しく慰めるクラウスに、ティモのことをよく頼んでおく。

少しずつ懸念が払拭されていき、旅の準備が整う。

無事に目的を果たして戻ってこられるようにと祈りを捧げてから、ナザリオはレオンハルトの帰りを待った。

＊

翌日の早朝、とうとう隣国に出発する予定時刻がきた。

ナザリオは朝食を取ると、手早く支度をしてマントを羽織り、いつものカゴを手に持つ。ピーノとロッコはすでに袖の中だ。

今回の旅は極秘で、エスヴァルドの王太子妃が隣国に向けて旅立ったことは、限られた人々以外には伏せておかなくてはならない。そのため、見送りは着替えなどの荷物を運んでくれるカミルだけだ。どうしてもと頼まれて辛かったが、ティモの申し出も断るしかなかった。

裏口に出ると、まだ日が昇り始めたばかりの裏庭には朝靄が漂っている。

そこには、予定通り三台の馬車の他に、すでに近衛隊の面々が馬を率いて整列していた。ちょうど今は、二台の馬車に詰め込んだ天幕や寝袋、食料に薬類などを確認しているところのようだ。

「王太子妃殿下、おはようございます。ああ、お荷物を載せましょう」

ナザリオたちが出てきたのに気づくと、軍服を着たリカルドが素早く前に出てきて、目の前に跪く。彼の指示で、部下がカミルから荷物を預かり、馬車に積んでくれた。

「リカルド様、旅の間、よろしくお願いいたします」

ナザリオが頭を下げると、立ち上がった彼は微笑んだ。

最低でも往復二週間以上はかかる旅だ。街に寄れる場所もあるというが、森の中の街道を通る道程も多い。これだけの人数がいれば食料だけでもそれなりの量になる。途中の街や、目的地の隣国で調達できればいいが、そんな余裕があるかもわからない。軍人の彼らはそれぞれが馬の背に自分の荷物を括りつけていて、荷物を運ぶための馬車には、帰国まで賄えるだけの確実な量を計算して載せているはずだ。

万が一のときのために、ナザリオも水筒と最低限の食料を布で包み、斜めがけにしている。てきぱきと働く軍人たちを見て、決して彼らの足手まといにならないようにせねばと気持ちを引き締めた。

戴冠式まではあと一か月足らずだが、何事もなく往復できれば、ぎりぎり間に合うはずの旅程だ。

ナザリオが緊張で顔を強張らせているのに気づいたのか、リカルドは「ご心配はいりません」とそっと声をかけてくれた。

「必ず妃殿下を無事にお連れし、帰国することを誓います。安心してお任せください」

心強い言葉に礼を言う。リカルドによると、積み荷を確認し終え、同行するイルハンたちが到着したら、すぐに出発する予定だという。いったん手を止めて、リカルドの紹介で軍人たちが一人一人挨拶をしにきてくれる。半分ほどはすでに顔見知りだ。丁寧に挨拶を返しながら、ナザリオは残りの者たちの顔と名前を必死に覚えた。

「それから――ジャン、こちらに」

リカルドが背後に目を向けて、最後の一人を促す。

馬の手綱を手にやってきたのは、かすかにウエーブがかったブラウンの長髪を項で一つに纏めた長身の男だ。

見覚えがないので、彼も初対面の者らしい。

口元を見る限りでは整った顔立ちをしているようだが、前髪は片方の目を覆い隠すほど長い。更に目が悪いのか、髪で覆われていないほうの目に片眼鏡をかけているため、光が反射して目元がよく見えなかった。

「彼が、今回クラウス様の代わりに参加することになったル・ブラン卿です」

「ル・ブラン様、初めまして」

ナザリオの挨拶に、紹介された男が軽く頭を下げる。

「ジャン・オーギュスト・ル・ブランと申します。ジャンとお呼びください」

彼は低い声で淡々と挨拶をし、少し距離を置いたまま、礼儀を保って片方の膝を折る。

「では、ジャン様、どうぞよろしくお願いいたします」と言って、ナザリオも頭を下げた。

無口な男なのか、彼はもう一度頭を下げるなり、馬を連れてさっさと後ろに戻ってしまう。

あまりの素っ気なさにあっけにとられていると、リカルドが付け加えるように慌てて説明してくれた。

「不愛想な者で申し訳ありません。王太子妃殿下には初めてお目にかかると思いますが、ジャンはレオンハルト様と同じ家庭教師に学び、子供の頃からご学友だった者です。母上が東側の隣国、サビーナの出身なので、しばらくの間向こうの親戚のもとに滞在していて、つい先頃帰国してきたばかりのところです。帰国の挨拶で城を訪れた際、王太子殿下から今回の話を聞き、王太子妃様のお役に立ちたいと手を挙げてくれたので、今回の隊に入れることになりました」

いったん言葉を切ると、彼は少々言い辛そうに、やや声を潜めて言った。

「その……彼の長い前髪は、旅の間の不幸な事故で、目元に醜い傷を負ってしまったためらしく……」

「そうなのですか……」

事情を聞いて、ジャンがあまりこちらに近づこうとしない態度にも納得がいった。そういうことならば、まじまじと見たりするのは極力控えるべきだろう。

「今回の隊長はいちおう私が仰せつかっていますが、彼のほうが剣の腕は立ちます。私かジャンのどちらかのそばからは決して離れないようにしてくださいね」

リカルドの説明にナザリオははい、と真面目な顔で頷く。

そうこうしているうちに、何頭かの騎馬の者が城の裏門のほうから現れ、こちらに向かってくるのが見えた。

近衛隊の者だろうかと見ていると、近づいてきた二頭の騎馬はイルハンとタマル、そのあとからオルシーニ夫人と側仕えらしき者が乗った二頭立ての馬車が続いている。

そばまで来て馬を下りると、イルハンはその場に両膝を突き、深々と頭を下げた。

「王太子妃殿下、このたびは我が国にいらしてくださることで、心から感謝申し上げます」

隣で跪いたタマルも、帽子を脱いでぺこりと頭を下げている。

オルシーニ邸で客人として丁重な扱いを受けていたのだろう、二人とも、最後に会ったときとは顔色が雲泥の差だ。初めて彼らの笑顔を見て、ナザリオもホッとした。

「イルハン様、タマルも、どうか顔を上げてください。お役に立てるかわかりませんが、できる限り努めさせていただきます」

彼らが立ち上がると、馬車を下りてきたオルシーニ夫人も微笑んだ。

「王太子妃殿下、わたくしからも感謝申し上げます。だいぶ体調は良くなったようですが、イルハンどのとタマルをどうかよろしくお願いいたします」

彼女は、「良かったら旅の間に食べてください」と言って、今朝料理人に頼んで作らせたという、甘い香りのする焼き菓子の包みを渡してくれる。

これはピーノたちが喜ぶだろうと、ナザリオはありがたく受け取った。

そうこうしているうちに、「バルザック隊長、荷物を詰め込み終わりました」と隊の部下がリカルドのところに報告しに来た。

「王太子妃殿下、出発の準備は済んだようです……どうかなさいましたか？」

ナザリオが城の裏口を見つめていると、リカルドが不思議そうな顔で訊ねてきた。

「いえ、あ、あの……レオンハルト様は、今どちらにいらっしゃるかご存じですか？」

彼は昨日の朝、唐突に旅の許可をくれたあと、ナザリオを密かに旅に出すための根回しがあるということで、昨夜もまた戻ってはこなかった。

夕方のうちに、ピーノたちへのお菓子とともにナザリオ宛ての詫びの手紙が届けられたが、今朝、朝食を取る際にも離れには戻ってきてくれなかったので、出発の挨拶ができていないのだ。

最低でも二十日はかかる旅だ。旅立つ前に、彼の顔を見て、一言でもいいから言葉を交わしてから行きたい。

そう思っていたナザリオは、リカルドたちが積み荷の確認をしている間に、レオンハルトが少しでいいから出てきてはくれないかと期待していた。

しかし、彼の名を出すと、なぜかリカルドはぎくりと肩を揺らした。

「ああ……先にお伝えしておけばよかったですね。王太子殿下は、その……昨夜お会いしたとき、見送りには来られないとおっしゃっていました」

「え……」

申し訳なさそうに言われて、ナザリオは愕然とする。

「『無事の戻りを祈っている』と言付かっています」

彼が出てきてはくれないのだと知ると動揺したが、仕方ない。レオンハルトは昨夜、おそらく城の執務室の続き部屋で仮眠を取ったのだろう。だったら、ここで待ってなどいないで、自分から挨拶をしにいけばよかった。

今から執務室の続き部屋を訪ねようとすれば、準備のできているリカルドたちを待たせることになってしまう。

やむをえず、ナザリオはピーノたちの入ったカゴを手に、二頭立ての馬車に乗り込む。

「ナザリオ様、行ってらっしゃいませ。お帰りをお待ちしております」

心配そうなカミルに手を振り、オルシーニ夫人たちが見送る中、一行は城の裏門を出る。馬車は後ろ髪を引かれるような思いのナザリオを乗せ、密やかに隣国への道を進み始めた。

＊

エスヴァルドを出発して、三日が経った。

その日は、日暮れぎりぎりまで移動し、野営に適した国道沿いの草原で、一行は天幕を張った。

「ごちそうさまでした。とても美味しかったです」

食事が済むと、ナザリオは今日の料理係に礼を言う。何か手伝おうとすると、「ナザリオ様にお手伝いしていただいては、レオンハルト様に叱られてしまいます」と恐縮して丁重に断られ、旅の間はほとんど何もさせてもらえないのが心苦しい。とはいえ、そもそも不器用なので、食事を作ろうにも自分が手を出したりしたら、材料をすべて焦がしてしまいそうだ。

あっという間に片付けを済ませる野営慣れした軍人たちの手際の良さに感嘆しつつ、ナザリオはピーノとロッコを抱いて、天幕から少し離れたところに小さく焚かれたままの火のそばに移動した。

『シチューはとろとろでとってもおいしかったですねえ！』

『ボクは明日もシチューがいいです！』

夕飯の感想を言い合う二匹は、ナザリオの膝の上だ。料理当番の軍人が作ってくれた美味しいシチューの分け前をもらってお腹いっぱいになり、炎の色に照らされてオレンジ色に染まった毛をせっせと毛繕いしている。

もうじき眠くなる頃だろうなと思いながら、ナザリオはそれを頬を緩めて眺める。

ナザリオは小さな天幕を一つ、ピーノたちと使わせてもらっている。イルハンとタマルのぶんも一つ用意されていて、他の軍人たちは一つの天幕を二人ずつ使って休むようだ。

旅の間は、少しでも早く進むために、夜が明けて朝食が済んだらすぐに出発するので、朝が早い。

従って眠る時間も早まり、積み荷の残りを確認し終えると、もう人も馬も休む体勢に入っている。

野営とはいえ、交代で不寝番を立ててくれるそうなので、外でも安心して眠れそうだ。

(ヴィオランテとの国境までは、あと三、四日か……)

国境方面には一つ山が聳えていて、そこを越えるルートが最短ではあるが、かなり道が悪いらしい。確かにと、ナザリオは以前、拉致され荷馬車で運ばれた山中の道を思い出す。今回は急ぎつつも、山を迂回して街を進む道で安全を期して国境に向かう。

国境までは馬車だと六日、七日ほどかかる。最初の二日は宿屋に泊まり、今夜からしばらくの間は森の中の街道を進むことになるようだ。

「国境が近づくとまたいくつか街があるので、宿屋に泊まれますから」とリカルドから申し訳なさそうに言われたが、まったく問題はない。野宿とさほど変わらないような隙間風の吹き込む古い教会の宿舎で寝起きしてきたナザリオにとっては、天幕で寝られるだけでもじゅうぶんなほどありがたい待遇だった。

移動にも野営にも慣れた軍人たちに護衛されての旅は、ティモと二人で森の中で迷い、怯えながら夜を明かしたあのときとは大違いだ。

ぼんやり考え事をしていると、軍服の者が二人、天幕の前で何か話をしているのが目の端に映る。

（レオンハルト様は、今頃、何をしているだろう……）

ゆらゆらと揺れる炎を眺めながら、ナザリオは城にいるレオンハルトのことを思った。

苦渋の末に今回の旅を許してくれた彼だったが、出発前夜に離れに帰ってこず、見送りにも出てきてくれなかったことが、ナザリオの心を暗くしていた。

そのことが気にかかり、我儘を通して出てきたにもかかわらず、旅の間も、結局考えるのはレオンハルトのことばかりだった。

彼は優しいからナザリオを責めずにいてくれたけれど、やはり、心の中では呆れ果てていたのかもしれない。

平民の自分を正式な伴侶として迎え、王太子妃にまでしてくれたというのに、彼が王位につくという大切な儀式よりも、他国の王子の最後の願いを叶えることを優先したようなものなのだから。

もっとちゃんと自分の気持ちを話したかったけれど、すでに王城を離れた旅の途中だ。

しかも、気がかりはもう一つあった。

ナザリオの乗る馬車と騎馬で進むイルハンとタマルとの間には、軍人の騎馬が何頭か挟まっている。

隊の他の者たちは、どこかナザリオに対してよそよそしい。

もちろん、皆礼儀正しく接してくれるし、何か頼めば即座に動いてくれるのだが――『できる限り王太子妃とはかかわらないように』と、距離を取られているように思えるのだ。

そのとき、馬たちが繋がれている木の近くに、長髪の男の姿がちらりと見えたような気がした。だが、目を向けたときにはすでに天幕のほうに移動したようで、姿は見当たらない。

ナザリオはふう、とため息を吐く。

自分と距離を置いている隊の者たちの中でも、あのル・ブラン卿――ジャンの態度は最たるものだった。

元々無口なのか、顔の怪我のせいなのかはわからないが、ナザリオとは最初に挨拶をしたきり、いっさいかかわろうとしない。

他の者たちとは普通に会話をしているようなので、もしかすると、幼少時からの友人であるレオンハルトが大切な戴冠式を控えているというのに、自分勝手な行動をする我儘な王太子妃だと軽蔑されて、嫌われているのかもしれない。

(でも、そう思われたとしても、無理はないよね……)

ナザリオのため息に気づいたのか、焚き火の暖かさでとろんとしていた二匹がふと顔を上げた。

『ナー様?』

『おつかれですか?』

首を傾げた二匹に心配そうに訊かれて、思わず笑みを作る。

「ううん、大丈夫だよ。ごめんね、ため息を吐いたりして……この火が消えたら、僕たちも天幕に戻って休もうか」

レオンハルトに言われた通り、小さな二匹の存在は旅の大きな癒やしになってくれている。

ふわふわの二匹を撫でながら、パチパチと音を立てて爆ぜる炎を眺めていると、軍人と話をしていたリカルドがこちらにやってきた。

「――ナザリオ様、どうかなさいましたか？　もしやお加減でも？」

少し距離を置いたところで片方の膝を突き、彼がそっと訊ねてくる。

極秘の旅である上に、城の外では身分を明かすのは危険だということで、一行の皆には『王太子妃殿下』とは呼ばずに名を呼ぶようにしてもらっている。

とはいえ、こうしてナザリオを気遣い、たびたび話しかけてくれるのは、隊の中でもリカルドくらいのものだ。

「いいえ、どこも問題はありません。夕飯もとても美味しかったですし、スムーズに旅をさせてもらって、本当にありがたく思っています」

笑みを作って答えたナザリオに、そうですか、とホッとした顔で彼は言う。

「何かご心配なことがあれば、遠慮なく、なんでもお伝えください。憂いを拭えるように、できる限りのことをいたします」

思いやるように言われて、ナザリオはふと、彼は国を出る前、自分よりもあとにレオンハルトと会話をしているのだということに気づく。

「あの……実は、レオンハルト様のことなのですが……」

思い切って、彼に心の引っかかりを打ち明けてみる。

「見送りに来てくださらなかったのは……やはり、我儘を言って出てきた僕のことを、内心では怒っていらっしゃったのではないかと、気がかりで」

「ああ……いいえ、そんなことはないと思いますよ」

リカルドは、何度か頷いてから微笑んだ。

「私が出発前、早朝にご挨拶に出向いたときには、『くれぐれも安全な旅に』と言われました。レオンハルト様は、あらゆる面で、ナザリオ様が無事に国にお戻りになれるよう、考え抜いて準備をされておいででした。もし、最後にお会いになったとき、お怒りに見えたのだとしたら、ただただ、心配されていたのだと思いますよ。レオンハルト様は、ナザリオ様のことを何よりも大事にされていますので」

慰めるように言われて「そうですか……」と言ってナザリオは思わずうつむく。

膝の上の二匹は、うとうとしながらリカルドのほうに耳を向けている。

「……帰国するまで、謝ることも、お礼を言うこともできないのが、歯がゆくて」

そう言うと、ああ、そうですよね……と呟いて、リカルドはまた頷く。

うーん、としばし悩むように腕組みをすると、彼は声を潜めて口を開いた。

「あの……もし良かったら、手紙をお書きになりませんか？」

「手紙ですか？」

「ええ、これから先、国境近くには街がありますので、手紙を使いの者に頼むことができます。隣国から帰ってくるよりもずっと前に、お気持ちをレオンハルト様にお伝えできると思いますよ」

残念ながら、お返事を受け取ることはできませんが、と言いながら、彼は部下を呼ぶ。命じられた者が、備品の中から便箋と封筒、それからインクとペンを持ってくる。リカルドは、それをナザリオに手渡した。

「……旅の間、話をすることはできなくとも、手紙に書いて送れば、少しは気持ちが落ち着くのではないでしょうか」

手元の便箋を見て、ナザリオは頬をほころばせる。彼の気遣いに感謝した。

「ありがとうございます、リカルド様。すぐに書こうと思います」

リカルドに送られて、自分の天幕に戻る。

その頃には、二匹はもう腕の中ですっかり熟睡していた。

明け方になると、森の中は気温がかなり下がる。ふわふわの毛布を敷いたカゴの中に二匹をそっと入れると、暖を求めて互いにもそもそとくっつき合う。寒くないようにカゴの上から更に毛布を被せると、ナザリオも毛布にくるまって寝床に座った。

リカルドから渡された便箋とペンを手に取る。

――これで、帰国するより前に、うまく話せずにいた自分の心の中をレオンハルトに伝えられる。

そう思うと、抱えていたもやもやとした不安が薄くなるような気がした。

リカルドの心遣いに感謝し、一本だけ灯した蝋燭の明かりを頼りに、膝の上に置いた便箋に気持ちを綴る。

（……次の街で、エスヴァルドの城に使いを頼もう）

書き終えた手紙に封蝋をしてから、ナザリオは小さな二匹の健やかな寝息を聞きながら眠りに落ちた。

＊

エスヴァルドの王城を密かに出発してから、七日目。

一行はエスヴァルド西方に位置する国境の街、ジェナーロに到着した。

二日森の中で野営をした以外は、途中の街に立ち寄って宿に泊まることができた。幸い天候にも恵まれ、ここまでは至って順調だ。

レオンハルトが定期的に国境警備の交代式に赴いている西端のこの街は、人も店も多くて賑わっている。

両国間には正式な国交がないとはいえ、商人の行き来は多いせいか、ジェナーロには衣料品や雑貨などの店に並べられた商品に見慣れないものが多い。

過去には激しい戦争を経験した歴史を持つ国境の門は堅牢な造りで、両国側に検問所が設けられ、それぞれの国の兵士が立っている。

国境を越える前に、軍人たちが手分けして、足りなくなりそうなものを買い足してくるという。

カーテンを引いた馬車の窓からこっそりと街を覗く興味津々の二匹と一緒に、ナザリオもそっと周囲の様子を眺める。

（そろそろ、手紙が届く頃だろうか……）

先日通った街で、宿の主人の紹介で、エスヴァルドの首都リヴェラに向かうという商人に手紙を託した。宛名は念のためカミルにしてある。彼は受け取り次第、すぐにレオンハルトに手紙を渡してくれるはずだ。

買い出しから全員が戻ってくると、とうとう国境を越えることになった。騎馬の者は馬を下りる。リカルドが先に立ち、一行は国境を出る者の列に並ぶ。

「――リカルドどの、任務、お疲れさまです！」

知り合いらしい兵士が、王立軍の中将であるリカルドに気づいたらしく、慌てて敬礼する。他の兵士たちも急いでそれに倣う。

「ご苦労だな。我々はヴィオランテから来た知人を送るため、首都コルキスに向かう」

本当の用件は伏せてあるため、表向きはイルハンとタマルを送るため、ということになっている。

エスヴァルド側の国境を出るのは、リカルドがいるおかげでスムーズだった。

そして、少し進んだヴィオランテ側の検問には、今度はイルハンが進み出て、隣国側の兵士に小声で何か話をした。

ナザリオが同行していることは伏せてあるものの、リカルドたちはエスヴァルド王立軍の軍服を着ている。

全員が完全に身元を伏せ、平民のふりをして国境を越えたほうが問題は少ないかもしれないけれど、一行にやましいことは何もない。これは先の国の王子からの頼まれ事のための入国なのだから。

ならばむしろ安全を期すために、堂々と軍服を着ていくべきだという結論に達したようだが、さすがに王立軍の軍服姿で国境を出ようとする者はいないのか、隣国の国境兵が厳しい視線をこちらに向けている。

問題なく通してもらえるのだろうかと馬車の中からナザリオが冷汗をかいていると、隣国の国境兵が、イルハンのそばに控えているタマルの顔をちらりと見た。兵士はハッとしたように彼にぺこぺこと頭を下げ、通っていいという手の動きで一行を促す。周囲に立つ兵士たちにも動揺が走り、そのうちの一人が急いで街のほうへと走っていく。

(なんだろう……？)

もしかして、タマルの父は国境兵の上官なのかもしれない。そんなことを考えているうち、あっさりと門が開く。

何故なのか、荷物を積んだ二台の馬車も、ナザリオが乗った馬車も、まったく中を検められずに済んでホッとした。

（ここが、ヴィオランテ……）

馬車の中にいるナザリオは、初めて隣国、ヴィオランテ側に入った。

エスヴァルド側の街でも感じたが、国境を越えると、人々が纏っている服も、石造りらしき建物のやや原色の多い色使いも、完全に異国の雰囲気を感じさせるものに変わった。

このコルキスの街には多くの遊興施設が揃っていて、更に、少し行った先には辺りの国で一番だと謳われる美男美女を揃えた娼館街があるという。以前、そこに売られそうになったナザリオとしては、ぞっとしない話だ。

さすがに、隣国の軍人が率いる一行は目を引くのだろう、道行く人々や国境に向かう人々がちらちらとこちらに目を向けてくる。

一行は、国境付近の道沿いで、しばし足を止めた。

「今、兵士が急いでナザリオ様の到着を知らせに行っています。迎えの者がこの近くで待機しているはずですので」と言うイルハンの言葉通り、待つほどもなく兵士が駆け戻ってくる。その後ろから、六人ほどの騎馬の者たちが続く。

「――イルハンどの！　やっと戻られたか」

先頭の髭を蓄えた中年の男が、馬を下りるなり、感極まったような声を上げる。

「ええ。遅くなりましたが、無事にナザリオ様をお連れしました」

答えるイルハンの声は、国に戻った安心感からか、これまでの弱々しさを感じさせないほど堂々としているように聞こえる。

馬車の中からでは彼の顔はよく見えないけれど、どうやらイルハンと、待っていた髭の男、そしてリカルドとジャンの四人が馬を下りて話をしているようだ。

しばらくして話がついたのか、リカルドと髭の男がナザリオの乗る馬車のそばまでやってきた。失礼します、と声をかけてリカルドが馬車の扉を開ける。

「王太子妃殿下、お越しをお待ちしておりました」

小声で言って深々と頭を下げた男は、ヴィオランテ国の宰相、ドヴィンと名乗った。

「初めてお目にかかります、宰相様。ナザリオでございます」

「第二王子殿下がどれくらいお喜びになることか」と漏らすドヴィンの声は、かすかに震えている。

これから彼らが、ナディル王子の元に案内してくれるという。

ドヴィンが部下たちのところに戻っていく。彼が離れるのを確認してから、リカルドが声を潜めて説明した。

「これから王家の離宮に向かいます。馬車で約五日ほどの距離だそうです。馬車から降りられるときは、私かジャンが付き添います。他の者が来ても、決して扉を開けないでください」

リカルドの表情はなぜかいつになく硬い。

「わ、わかりました」

宰相は礼儀正しい態度だったように思えたけれど、何か問題でも起きたのだろうか。不安が湧くが、リカルドはそれ以上何も言わなかった。

宰相たちの一行とイルハンらに続いて、ナザリオたち一行は、首都コルキスの端に立つ、ナディル王子が療養しているという離宮へと急いだ。

途中、宿屋に泊まる際にはナザリオには一人部屋が与えられ、続き部屋にはリカルドとジャンが入る。そして部屋の前にも警護がつけられることになった。

ヴィオランテ側の軍人が近くにいないときを見計らって、リカルドにそっと状況を訊ねてみると、「ご心配をおかけして申し訳ありません。別段問題が起きたわけではないのです。ただ……わざわざ宰相と軍人たちが国境まで来られるのなら、なぜイルハンは、まだ子供のタマルだけを連れて我が国に来たのかと思うと、疑問が湧きまして」と、彼は怪訝そうな顔だ。

イルハンたちの導きがあった自分たちとは違う。もし、宰相たちの一行が纏まってエスヴァルド側に入ろうとすれば、おそらくいったん止められ、国境司令官からすぐさま王城に知らせがいき、目的を検められることは間違いないだろう。

だが、そうしていれば、イルハンが道端で行き倒れることもない。ドヴィンは隣国の宰相という立場から、エスヴァルド国王ルードルフや王太子であるレオンハルトに願い出て、ナザリオに来てもらえないかと頼むことができて、話はずっとスムーズだったはずなのに。

(そうはできない理由があったということ……？)

エスヴァルドに頼むことは、ヴィオランテの国王がいい顔をしなかったとイルハンは言っていた。だが、こうして宰相を名乗り、ドヴィンはナザリオたちを迎えに来た。

つまりドヴィンは、国王よりナディル王子側の人間だということだ。

(……ヴィオランテの官僚は、もしかしたら国王派と第二王子派とに分かれているのかも……)

ならば、ナディル王子の兄である王太子は、どちら側についているのだろう。

隣国のことだけに、今一つ状況が把握できないが「ともかく、占いを済ませて帰るまでは警戒を怠らないようにしましょう」とリカルドに言われて硬い顔で頷く。

国境を越えるまでの間、ほぼ話す機会どころか近づくことすらなかったジャンは、ヴィオランテ側に入国してからは、ナザリオのそばで警護に当たるようになった。

移動の際の配置はナザリオの乗る馬車の後ろに騎馬でつき、休憩の際もいつも近くにいる。

隊長のリカルドは、ナザリオを気にかけつつも、隊全体を統率しなくてはならない。馬車を降りた際、ナザリオがリカルドの視界から外れそうなときには、必ずジャンがそばで目を光らせている。

基本的に彼はほぼ無言で、目が合ったように思えるときでも会釈をする程度だ。

髪と片眼鏡で目元が隠れているので、どこを見ているのかわからないことも多い。だからか、最初は戸惑ったものの、彼は一瞬たりとも警戒を怠らずにナザリオの警護に当たっている。一定の距離を取ったまま、常にナザリオから離れずにいる彼の行動を見て、どうやらジャンは堅物すぎるほど真面目な人なのだということが伝わってきた。

ヴィオランテ内での寝泊まりは、最初の二日は貴族の別邸だという大きな館に泊まり、間の二日が小さな宿屋、そして最後の一日だけは立派な宿屋に泊まった。

旅の道中では、驚くこともあった。

「あれ……そのお菓子は誰にもらったの？」

ナザリオが最初の夜に、湯を使わせてもらって湯殿から出てくると、二匹があげた覚えのないお菓子をもぐもぐと頬張っている。包み紙を見て訊ねたところ、ロッコが『ええと、るぶらん様です！』と言い出した。

「ジャン様に？」

あまりに意外な名前にナザリオは目を丸くした。

ピーノによると、ジャンがこの部屋に入ってきたわけではない。夕食をすっかり消化して、空腹を感じた二匹は続き部屋の扉をカリカリと引っかいて開けてもらい、そこにいたジャンにもらってきたのだという。

いつの間におやつをねだれるほど懐いたのかと驚いていると『ナー様のぶんもあります！』と二匹はナザリオにも菓子を分けてくれる。

包み紙の中身は、糖衣がけのアーモンドだ。

ほとんど会話をしたこともなく、何を考えているのかさっぱりわからない彼が、まさかこんなおやつを持ち歩いているなんてと、なんだか微笑ましい気持ちになった。

もしかしたら、ジャンは二匹と同じように甘いものが好きなのかもしれない。

「——ジャン様。昨日はピーノとロッコにおやつをありがとうございました」

翌日、宿の部屋を出たところでジャンを見つけると、ナザリオはすぐに菓子の礼を伝えた。

「勝手にすまない」とやや気まずそうに言われたが、二匹がとても喜んでいたこと、自分もわけてもらって美味しく食べたことを話す。

しかも、それから気をつけて見るようにすると、どうやら彼は時折、二匹にお菓子を与えてくれているようだと気づいた。

移動時間が長いため、午前と午後には一度馬の足を止め、水を飲ませたり休憩する必要があった。そのときナザリオは、リカルドかジャンに付き添われて馬車を降りて息抜きをする。長旅に飽き、馬車の中ですっかり退屈しきっている二匹は、その近くに木があればすぐに登って辺りを見回したがった。

「ピーノ、ロッコも危ないよ、あまり高くまで登らないで」とナザリオが慌てて声をかけると、はーい、と言って途中まで下りてくる。しかし、まだずいぶんと高い枝の辺りから、怖いもの知らずの二匹はぽーんと飛び降りてしまい、ナザリオは青褪めた。

するとそばにいたジャンが素早くマントを広げる。彼は当然のように、ぽすぽすっと落ちてきた二匹をその中で受け止めた。

無事に下りたピーノたちは、ジャンの肩や頭の上に乗って大はしゃぎで遊んでいる。

「少しは落ち着かないか」と窘められ、二匹はまた彼から菓子をもらっている。

ジャンから小さな前足に菓子を抱えた二匹をそっと手渡されたナザリオは、唖然とするばかりだ。

二匹がこんなふうに懐くのは、これまでナザリオとレオンハルトだけだったのに。

ピーノたちを可愛がってもらえるのはもちろん嬉しいけれど、正直、ナザリオは複雑な気持ちだった。

＊

晴れていた空が、次第に紫と桃色に染まっていく。

ようやく旅の目的地である王家の離宮に着いたのは、ナザリオたちがエスヴァルドの城を出てから十二日経った、日暮れ間際のことだった。

往路は順調だった。このぶんなら、第二王子の占いをしてすぐにここを発てば、戴冠式にはじゅうぶんに間に合いそうだ。

広大な離宮は二階建ての立派な建物で、屋根はオレンジ色に塗られ、ドーム形の屋根の上に複雑なかたちをした星形のシンボルが鈍い銅色に輝いている。

あれは、ヴィオランテの王家の紋だ。

つまりこの離宮は、王家の所有物なのだろう。

リカルドに付き添われて馬車を降りると、すぐに寄ってきた宰相のドヴィンが頭を下げて、恭しい口調で言った。

「王太子妃殿下、はるばるとここまでご足労いただき、本当にありがとうございます。今日はお疲れでしょうから、ゆっくりお休みいただいて、明日の朝、ナディル王子殿下と面会していただきたいと思います」

部屋を用意いたしますのでおくつろぎください、と言われ、一行は中へと案内された。

ヴィオランテに入ってから警戒を緩めずにいるが、宰相も離宮の使用人たちも皆、礼儀正しい。離宮に着いたあとも、特に危険を感じるようなことはなさそうだ。

療養中の第二王子が滞在している建物だからか、敷地に入る門の前にも腰に剣を帯びた軍人が立ち、建物の入り口や通路の各所に、ヴィオランテの軍服姿を見かける。

ここはそれほど厳しく警備する必要があるのだろうかとナザリオは内心で疑問に思った。まるで、罪人を監視するかのようにぞろぞろと軍人がいるのだから。

離宮の内外にあまりに軍人の姿が多いせいか、リカルドたちは着いてからずっとぴりぴりしている。

夕食にはご馳走が並んだようだが、ナザリオは疲れたからと理由をつけて部屋で取らせてもらうことになった。

念には念をと、ここで出されたものは食べないようにと密かにリカルドから指示されていたからだ。ジャンも同様で、持参したものだけを口にしたようだ。

あとで、他の者たちとともに晩餐の席で出された食事を取ったリカルドから聞いたところによると、晩餐の席についたヴィオランテ側の人間は、なぜかイルハンだけだったらしい。当のナディル王子は病床の身で、離宮まで連れてきてくれた宰相たちは、急ぎの用ができたと同席しなかったそうだ。

「王太子妃殿下を招いておいて、失礼なことですね」と、温厚な彼は珍しく憤慨していた。

今夜は二匹も持参した木の実や日持ちするパンが夕飯だ。

「ごめんね、またエスヴァルドに戻ったら美味しいものをあげるから、今日はこれで我慢して？」

『とってもおいしそうなにおいがしますぅ……』

『外国のおりょうり……』

鼻がいいピーノとロッコは、木の実を齧りながら晩餐の間から漂ってくるいい匂いを嗅いでしまったらしく、悲しそうだった。

二匹が眠ると、ナザリオは正装を荷物の中から出し、しわを伸ばしておいた。

荷物の限られた旅のため、普段着ている服とほぼかたちは変わらない。王太子妃として隣国の王子に面会するにしてはごく控えめな服だが、生地と仕立ては格段にいいものだ。

明日はとうとう、件の第二王子と面会の予定だ。

ナザリオには、広い居間と寝室に続き部屋のある賓客用の客間が用意された。リカルドたちには少し離れた場所に並びで部屋が用意されたそうだ。

部屋の入り口には警護の軍人が交代で立ってくれる。今日は顔見知りのステファノだ。更に、続き部屋にはジャンがいる。

しかし、部屋で湯を使って寝間着に着替え、二匹とともにいざ休もうという時間になってから、外の通路がざわつき始めた。

(なんだ……?)

身を起こして緊張していると、扉の前で言い争う声が聞こえてきた。

すぐさま、続き部屋の扉がノックされた。急いで開けると、素早くジャンが入ってくる。着替えずに休むつもりだったのか、彼は軍服で、腰にも剣を帯びたままだ。

「心配はいりません」と小声で言われて、寝台の脇で二匹を抱きかかえて立ったまま、ナザリオはこくこくと頷く。

「中にお入り」と声をかけ、袖に入るように促すと、ピーノたちはすぐさまナザリオの袖の中に飛び込む。

ジャンが扉のそばに立つと、外の争いがにわかに大きくなり、そしてやんだ。

外から鍵が開けられ、ゆっくりと扉が開いた。

「夜分に失礼いたします……エスヴァルド王国王太子妃殿下、ナザリオ様」

そう言いながら入ってきたのは、ヴィオランテの軍服を着た大柄な男だ。胸元には勲章がいくつもついているので、どうも階級の高い軍人らしい。背後には何人もの部下を引き連れている。

いったい何事なのかとナザリオが身を硬くしていると、いかつい強面をした先頭の軍人が、部屋の中に入ろうと足を進める。

それを見て、ジャンが素早く剣を抜いて構えた。

「おっと……落ち着いてください。手荒な真似をするつもりはありません」

部屋の前に警護のステファノがいないのは、おそらく彼らを止めようとして揉め事になったからだろう。先ほどの物音は、彼が抵抗して戦う音だったのかもしれない。

(ステファノはどこにいるんだろう……)

ナザリオは姿の見えない彼が気にかかり、顔を強張らせる。いかつい軍人は、ジャンとナザリオを交互に見て言った。

「軍人どの、剣をお収めください。私はヴィオランテ国の大尉で、ギオルギと申します」

自己紹介をしてからギオルギは続けた。

「実は、第二王子殿下ナディル様がつい先ほど目覚められたのです。薬で眠られている時間も多く、ナザリオ様が到着されたことをお伝えすると、今すぐにお会いしたいと。このような夜分に申し訳ありませんが、殿下は非常に急いでおられます。一緒に来ていただきたい」

丁寧な口調で頼まれて困惑する。

「な、ならば、そう言ってくだされば良かっただけです。なぜ、部屋の前にいた警護の者と争ったりしたのですか？」

ナザリオが問い質すと、ギオルギは平然として肩を竦めた。

「怪我をさせてはいません。こんな時間に無礼だと、王太子妃殿下との面会を頑なに断られたので、少々脇によけてもらっただけですよ」

そこまで言うと、ギオルギは表情を曇らせる。

「病による痛みのせいなのか、ナディル殿下は少々気が荒くなっておいでです。もし、頼みを聞いていただけないとなると、あなたの配下の者たちにどんな対応を命じられるかわかりません。我々も当然、手荒な真似などしたくはありません。ただ、ナディル殿下の命令に背くことはできないのです」

だから、どうか穏便に面会に応じていただきたい、と言われ、ナザリオは覚悟を決めた。

「警護の兵士の無事を確認してから、着替えをして向かいます」

そう伝えると、ギオルギの指示で、『丁重に脇によけてもらった』と言われた、ステファノが連れてこられた。

殴られたらしく、顔にはあざができている。しかも、あろうことか、後ろ手に拘束されているという痛々しい姿に愕然とする。

——これのいったいどこが『丁重』なのか。

憤り交じりの混乱が胸に湧いたが、ぐったりした彼をナザリオの部屋に連れてきて引き渡すと、ギオルギは更に驚くべきことを言った。

「ああ、できるだけ揉め事は起こしたくないので、同行の他の方たちには部屋で待機していただいています。出てこられて、騒がれると厄介ですからね」

（つまり……この物音にも現れないリカルドたちは、閉じ込められている、ということ……？）

ナザリオは、あまりの扱いに内心で驚愕していた。

ナディル王子からどういう指示が下っているのかはわからないが、彼らには自分たちを客人として扱うつもりなどさらさらなかったようだ。

「着替えのために、十五分だけ待ちますので、急いでお支度を。ここでお待ちしております」

と言って、ギオルギは部屋を出ていく。

扉が閉まると、ジャンはすぐに拘束されていた縄を切ってやり、自力では立ち上がれないらしい彼に肩を貸してソファに連れていって横たえた。

「ステファノ、顔以外はどこをやられた」

「腹を……」

腹も殴られたらしく、彼は解放された手でみぞおちの辺りを押さえている。

ナザリオは急いで清潔な布を水差しの水で濡らし、腫れ上がった彼の頬にそっと宛がう。

ステファノは痛みを堪えるように顔を顰めてから、必死な表情で訴えた。

「ジャン、ナザリオ様、先ほど味方を呼びましたが、誰も来ませんでした。俺以外の者たちは、本当に皆、部屋に閉じ込められているようです。おそらく、助けは来ません。どうか、じゅうぶんにお気をつけください……っ」

「わかった。もうしゃべらなくていいから、ともかく休め。俺が彼の手当てをするから、あなたは支度を」

ステファノの怪我が気がかりだったが、ジャンにそう言われ、ナザリオはやむなく着替えに取りかかった。

いったん続き部屋に行き、自らの荷物を持ってきたジャンは、塗り薬と飲み薬を取り出す。それを痛々しいあざになっているステファノの腹部と頬に塗り、身を起こし薬を飲ませてやっている。

それを横目に見ながら、手早く着替えるナザリオは、寝間着の袖から寝台の上に下り、耳をぴんと立てているピーノたちをどうするべきかを頭の中で考えていた。

連れていっても、このままこの部屋に置いていっても、どんな危険があるかわからない。ならば、連れていくほうがまだましだと決意して、おいで、と二匹を呼び、また正装の袖口に導く。

「いい？　呼ばない限り、何が起きてもぜったいに出てきてはいけないよ？」

言い聞かせると、二匹は真剣な顔でこくこくと頷く。

支度をしたナザリオは「準備ができました」とジャンに声をかける。背を向けてステファノの手当てをしていた彼がこちらに目を向けた。

「俺も同行する。何が起ころうとも必ずあなたを守るから、ともかく落ち着いて、決して離れないでくれ」

「は、はい」

必死で何度も頷く。

（まさか、離宮に着いてすぐ、こんなことになるなんて……）

善意の気持ちでこの国を目指したナザリオは、まさか先方がここまで手荒な行動に出るとは想像もしていなかったのだ。

明らかに騒ぎが起きているというのに、本当にリカルドをはじめ、誰一人として駆けつけてはこない。

精鋭の彼らが、どうやってここに来られない状況にされたのかと思うと恐ろしくなる。皆がひどい目に遭ったり、怪我をしていないようにと、ナザリオは心の中で必死に祈った。

（落ち着かなきゃ……）

もし、ここで自分が下手を打てば、何が起こるか。

最悪の場合、本当にレオンハルトが軍を動かし、二つの国の間に戦争が起きたとしたら。どんな結果に終わっても、自分が始めた行動が、両国に取り返しのつかない大きな禍根を残すことになるかもしれない。

あんなに皆から離れてはならないとレオンハルトに言い聞かされていたというのに、こうしてジャン以外の者とは引き離されてしまったことに歯噛みしたい気持ちになる。

しっかりしなくてはならない。自分に言い聞かせながら、震える手を握り締め、竦む気持ちを奮い立たせていると、目の前に立つジャンが、なぜかふっと口元を緩めるのが見えた。

彼はふいにナザリオの手を取り、ぐいと自分のほうへ引き寄せる。

突然、硬い胸元に頬を押しつけるようにして抱き締められ、ナザリオは心臓が止まりそうなほど驚いた。

「大丈夫だ――ナザリオ」

（え……）

一瞬のことだった。瞬きをするよりも前に、あっという間に彼の体は離れる。何が起きたのかわからず、ジャンに抱き締められたのだと気づいたときには、驚きすぎて怯えと緊張が一瞬でどこかに吹き飛んでしまった。

危機的状況の中で、ジャンはただ、がちがちになっている自分を親切心から落ち着かせてくれようとしただけだ。そうだとわかっているのに、伴侶ではない相手に抱き締められてしまったことに動揺する。自分はレオンハルトと生涯を誓った身なのに、と思うと、それがなぜか嫌ではなかった事実にも混乱した。

まだナザリオが呆然としていると、荒々しいノックの音がしてびくんとなる。開けていいか、と彼に小声で確認されて、慌てて頷く。

今は、ぼんやりしている時間はない。

ジャンが扉を開けると、すぐにギオルギたちが待ちかねたようにずかずかと部屋に入ってきた。

「ずいぶん時間がかかりましたね。さあ、行きましょうか」

呆れ声で言われたが、こんな時間に面会を強要する彼らのほうがよっぽど非常識だ。しかし、反論できるような状況ではない。

ナザリオは気を引き締めて、すぐ後ろに、ジャンがいてくれることを確認してから、ギオルギのあとを強張った顔でついていく。

まるで連行される罪人のように、異国の軍人たちに前後を挟まれて、ナザリオとジャンは離宮の通路を進み始めた。

通路を進み、噴水のある中庭に面した外廊を通る。

静かな佇まいをした石畳の中庭も、宮殿も、すべてがひっそりと静まり返っている。

今起きていることが信じられないくらい、穏やかな夜だ。

縛られているわけではないから、ジャン一人であれば逃げることもできるかもしれない。

だが、今は怪我をしたステファノと隊の他の者たちが捕らわれている。しかも、ナザリオがそばにいる限り、彼は一人では逃げられないだろう。

外廊の先、もっとも奥まった部屋の扉の前に、警護らしき軍服姿の兵士の姿がある。

「お前はここで待て」

ギオルギがジャンに向かって命じたが、彼はそれを一蹴した。

「俺も一緒でなければ、王太子妃殿下は行かせられない」

舌打ちしたギオルギは、一瞬何か言おうと口を開きかけたが、結局渋々と頷く。

「おかしな真似をするなよ。もしこの部屋の中で剣を抜いたら、お前たちの隊の者は、一人残らず無事に国には帰れなくなるぞ」

恐ろしい脅しにナザリオがぞっとしていると、ギオルギが兵士に向かって言った。

「第二王子殿下のお望みの方をお連れした。開けてくれ」

兵士が扉をノックし、「ギオルギ大尉と客人お二方がいらっしゃいました」と声をかける。

間もなく扉が開き、中へと導かれる。

室内に入ると、広々とした部屋の天井には色鮮やかな天使のフレスコ画が描かれていて、思わずナザリオは目を奪われる。目に入る家具は飴色の重厚な木材に金細工が施されたもので、どこを見ても非常に豪奢な設えの部屋だ。

窓際に据えられた立派な寝台には、一人の青年が横たわっていた。

彼は上体だけを起こした体勢でこちらに目を向けてきた。寝台の足元には、立派な首輪をつけた猟犬らしき大型犬が、彼を守るように伏せている。

「ナディル王子殿下。お申しつけ通り、エスヴァルド王国王太子妃、ナザリオ様をお連れしました」

ギオルギが片方の膝を突いて言うと、寝台にいる青年——ナディルが、こちらに手を伸ばした。

「待ちかねたぞ……さあ、ここへ」

かすれた声で言われ、ナザリオは寝台の前へと促される。

室内には、ギオルギを含めて軍人が四人いる。入り口の警護も入れると、全部で五人だ。

異国の軍人たちに囲まれる中、一瞬背後に目を向け、ジャンがそばにいてくれるのを確認してから、ナザリオはこくりと唾を呑み込む。それから、ゆっくりと寝台の前に足を進めた。

「――王太子妃殿下、ナザリオどのだな。おれはヴィオランテ国第二王子のナディルだ」

嗄れたような声での自己紹介だった。異常な状況での対面に身を強張らせたまま、ナザリオも挨拶を返す。

「初めてお目にかかります……、ナザリオでございます」

まだ二十代になるかならないかの若さに見えるナディル王子は、肩くらいまでの黒髪に碧色の目をしている。目鼻立ちがはっきりとしていて、健康であればさぞかし人目を惹く青年だっただろう。

イルハンがひどく焦っていた理由がわかった。

なぜなら、ナディル王子は一目見ただけで重い病の影が明らかなほど、げっそりと痩せこけていたからだ。

部屋の壁際には金色に輝く甲冑が一揃い置かれ、そのそばの壁に何振りもの立派な剣がかけられている。

おそらく、病に倒れる前は剣を自在に操り、その腕を誇りにしていたのだろう。

しかし今、立派な寝台に横たわった目の前の青年は、ぎょろりとした目だけが明確な意思を持っているばかりで、ささいな身動きすらおっくうそうだ。

気づけば、部屋の隅にはナザリオたちをこの国へ導いたイルハンが控えて、床に膝を突いている。後ろめたいのか、彼は目を伏せたままこちらを見ようとはしなかった。

ナディル王子がどのようにイルハンに命じたのかはわからない。

本人が言うように、使用人の勝手な暴走なのか、それともすべてが王子の指示なのだろうか。

今確かなことは、自分たちは味方の軍人に怪我をさせられ、夜更けに対面を強要されるという礼儀を逸した対応を受けている、ということだけだ。

ナザリオは、ようやく会えたナディル王子の前でどんな顔をしていいのかわからず、ただ複雑な気持ちが込み上げるのを感じた。

「遠路をよく来てくれた。さっそくだが、例の占いについて話したい。イルハンは『おれの運命の相手を』と言っただろうが、実は占ってほしいのは、違う者なんだ」

「え……」

王子から意外なことを言い出され、思わずイルハンに目を向ける。

彼は慇懃にうつむいたまま、ナザリオのほうを見ることはしない。

「あの……それは、どなたなのでしょうか？」

「今ここにはいない。おれの婚約者だ」

婚約者、と言われて、ナディルは確かにそう長くは持たないだろう。

この様子では、ナディルは確かにそう長くは持たないだろう。

そんな彼の婚約者である誰かの気持ちを思うと、なんとも居たたまれない気持ちになる。

「彼女は明日、ここに来ることになっているから、そのときに占ってやってほしい。そして、彼女に会ってもらうより前に急ぎでこうして来てもらったのは、明日の占いに関して頼みがあるからなんだ」

ナディル王子は説明した。

彼は本来、子供の頃からの婚約者であるエリシュカと今年結婚する予定だった。

だが、不幸にも重い病にかかり、しかもどんな薬を飲んでもどの名医に診せても状況は悪くなるばかりで、彼女を娶るのはもう不可能だと自分でもよくわかっている。

それなのに、優しいエリシュカは、彼が婚約を破棄しようと言ってもぜったいに頷かず、式も宴も何もできずともいいから、予定通りに彼と結婚すると言い張っている。そして、今も彼のそばから離れず、療養のために王宮を離れるときも一緒にこの地までついてきて、ずっと献身的に尽くしてくれているらしい。

とはいえ、ナディルのほうには彼女から未来を奪うつもりはない。自分との婚約は破棄して、彼女にはどうか幸福な人生を送ってほしいと思っている。

そのため、エリシュカの将来に傷がつかないように、この離宮には住まわせず、そばにある館を買ってそこから通わせて、二人がすでに夫婦同然だったという事実が残らないように気遣っているのだという。

「エリシュカには未来がある。だから、王太子妃殿下、彼女をおれから解放して幸せにしてやるために、どうか協力してくれ」

ナディルは真剣な顔で頼んできた。

「明日、彼女の運命の相手を占ったとき、どのような者が見えたとしても、必ず、我が兄であるダヴィドの容貌を伝えてほしいんだ」

「王太子殿下のご容貌を、ですか……？」

「そうだ。兄上は独身だし、婚約者候補もすべて退けていて、まだ誰とも婚約していない身だからなんの問題もない。兄上は立派な人だ。彼にならエリシュカを預けられる」

彼の兄はヴィオランテの王太子――つまり国王の跡を継ぐ身のはずだ。

その願いを聞いて、ナザリオはやっと悟った。

運命の相手が見えるという占いの噂は、今や大陸中に届いている。

そこでナディル王子は、婚約者の運命の相手をナザリオに占わせて、たとえ彼自身が見えたとしても、王太子である兄の姿を伝えさせることで、エリシュカに自分を諦めさせようとしているのだろう。

——自らの命の火が消えてしまう前に。

「医師は否定するが、おれには自分がもうそれほど長くないようだとよくわかっている。だから、エリシュカには兄上と結婚してほしい。彼女は若く美しく、気立てもいい上に家柄も申し分ない。無責任に生きてきたおれを好きになってくれたのが、奇跡のような相手なんだ。あらゆる見合い相手を拒んできた兄だって、おそらく彼女なら嫌だとは言わないはずだ」

そこまで言ってから、ナディルは付け加えた。

「そうだ、彼女がおれと勘違いすることのないように、兄の容貌を詳しく伝えておこう。兄の髪の色は——」

「ナディル第二王子殿下」

これ以上聞くわけにはいかないと、ナザリオは無礼を承知で急いで彼の言葉の続きを遮った。

「なんだ？　口頭でわかり辛ければ、肖像画でも持ってこさせるか？」

「いいえ、そうではないのです。ご事情も、殿下のお気持ちも、よくわかりました。ですが……申し訳ありませんが、ご希望に沿うことは、できかねます」

「な……っ!?」

すっかり自分の計画通りにいくと思い込んでいたのか、ナザリオの断りを聞いて、ナディルが表情を変えた。

「婚約者様の運命の相手を占うことならば、できます。しかし、見えた相手と異なる人物を告げることは、できないのです」

神に仕える身であるナザリオは、偽りを口にすることはできない。

例えば、見えたことを伏せておくことならばできるかもしれない。けれど、別の人物が見えたと嘘を告げることは、するべきではない。

もし偽りの相手を告げれば、告げられた者も、その本物の相手も、さらには名を出された相手にまで影響が及ぶ。占われた者は、運命の相手を誤って捉え、本来結ばれるべきではない相手と結婚してしまうかもしれない。

三人もの人間の運命を歪めれば、その影響は更に周囲にも波紋を広げるはずだ。

そしてきっと、一度でも嘘の占いをしたなら、ナザリオは罪悪感から、もう二度と神から授かったこの特別な力を使うことはできなくなるだろう。

背後にいるジャンは、黙ったままナザリオの言葉を聞いている。

しかし、せいいっぱいの誠意をもって説明したつもりだったが、その気持ちはナディル王子には伝わらなかったようだ。

「貴様……、おれがこれほどまでに頼んでいるのに、それを断るっていうのか」

目をギラギラさせて、歯を食いしばり、ナディル王子はよろめきながら寝台から下りようとする。

ナザリオは無意識に一歩後退り、必死に言った。

「私は、第二王子殿下が最後の願いとして占いを切望されていると聞き、少しでも救いになるのならと、ここまでやってきました。ですが……」

元々の話が違う、と言おうとしたが、なぜかナディル王子は「そういう話にしたのか」と、それを鼻で笑った。

「イルハンには、『どのような手を使ってもいいから、隣国の王太子妃をここに連れてこい』と命じてあったんだ。貧しい国出身のエスヴァルドの王太子妃は慈悲深いお方だという話は、我が国にまで届いている。あんたを確実に連れてくるために、策を講じたのだろう。あとで約束の褒美をやらなくてはな」

思わず部屋の隅にいるイルハンに目を向けると、老人は「もったいないお言葉です」と深く頭を下げて、ナザリオは唖然とした。

「連れてくるときの理由など関係ない。あんたがおれの望み通りに従うかどうかだ」

これまではいちおう持っていたはずの敬意をかなぐり捨てて、ナディル王子はナザリオを忌々しげに睨む。

「明日は、エリシュカの前でおれの希望通りの占いをすると誓え。さもなくば……」

彼がちらりと視線をずらす。ハッとして振り向くと、ギオルギ大尉が腰に帯びた剣の柄に手をかけるのが見えた。

だが、それより前にジャンが素早く動いた。

彼はナザリオをパッと懐に抱え込むと同時に、剣を抜く。

その剣先は、まっすぐにナディル王子に向けられている。

「――全員、動くな」

ジャンの声に、ギオルギが怒鳴り声を上げた。

「お、お前、正気か!?」

ナディルが「愚かだな。おれに剣を向けたって、どうせもうすぐ死ぬ。命なんか惜しくはないんだ」と嘲笑うように言う。

「だが、計画を終えて、婚約者どのの心を兄に向けてからでない限り、安らかには眠れないはずだろう」

ジャンの言葉に、ナディルが表情を強張らせた。

「この王太子妃殿下は、隣国の王子の心残りを消すために、わざわざこの国までやってきた。間近に迫った伴侶の戴冠式までに戻れないかもしれないという危険を踏まえた上で、だ。彼の同情を引いて真実の目的を語らずにおびき寄せたイルハンに、妃殿下の警護に暴力を振るう軍人たちか。恩を仇で返すこの所業は、ヴィオランテ流の礼儀なのか？」

憤りを押し殺したような声で言い、ジャンは鋭く言った。

「大尉、剣から手を離せ。今ここで争い、万が一、この王太子妃殿下にかすり傷一つでもつけたなら、彼の伴侶であるエスヴァルド王国の王太子は、この国に向けて大軍を動かすぞ」

密かに剣を抜こうとしていたギオルギが動きを止めたようだ。

「ナディル王子。こんなことをすれば、もう占いどころの話ではなくなる。あなたは自らの身勝手な言い分を通そうとして、親切心からやってきた妃殿下に無理難題を押しつけている。更には、婚約者どのを誰よりも愛する自身の手で不要な戦を起こさせて、穏やかだったはずの彼女の未来を叩き潰すつもりか！」

厳しい声で一喝されて、ナディル王子が悔しそうな目でジャンを睨む。

「ザザ、やれ！」とナディルが言うと、ずっと大人しくしていた大型犬が唐突にむくりと起き上がった。

唸り声を上げて犬が近づいてくる。開いた唇の間にずらりと並んだ鋭い歯を見て、ナザリオはぞっと背筋が冷たくなるのを感じた。思わず大切な二匹が入っている袖を押さえる。

「――止まれ」

しかし、大型犬は主人ではない者のその声にぴたりと足を止めた――ジャンだ。

「ザザか。わかるな？　俺はお前と喧嘩したくはない」

ジャンの声に戸惑うように犬はぴくぴくと耳を動かす。

「伏せろ」

命じられると、『ザザ』はすぐさまその場にぺたりと伏せた。

いい子だ、というジャンの言葉に、ナディルだけではなく、その場にいた者全員が唖然とする。

「お前……いったいなんの術を使った？」

畏怖を滲ませたギオルギの声が背後から聞こえる。

しかし、ジャンにこれはどういうことかと訊ねるまでもなく、部屋の外から物々しい大きな金属音が響いてきた。

（なに……？）

耳を澄ますと、それは剣同士がぶつかり、激しく争っている音に聞こえる。

「いったい何事だ？」

ナディル王子が言うと、「すぐに調べさせます」とギオルギが答える。

命じられて、兵士の一人が部屋の扉を開けて外に飛び出していく。

ハッとしてナディル王子がジャンを見据える。

「まさか、お前が何かしたのか？」

「何も？　ただ、俺の隊の者は、王太子妃殿下を警護するために選ばれた、王太子直属の近衛兵だ。腕利きばかりの隊の者が、まさかやすやすと殴られたり閉じ込められたりするばかりで済むと思うのか？」

ジャンはかすかに口の端を上げた。

（この笑み……）

ジャンにしっかりと肩を抱き込まれたままのナザリオは、見上げた間近にいる男の表情を見て、一瞬ぽかんとした。

――何が起きているのかわからない。

ただ、呆然としたまま彼の横顔を見つめる。

彼は淡々とした口調で続けた。

「極力穏便に済ませるため、妃殿下に手を出されない限り、自分たちからは攻撃をしないようにと命じてあった。だが、今こうして軍人で囲んで妃殿下を連れ出したんだ。もう堪えている場合ではないと、指示をしたんだろうな」

ではあの騒然とした物音は、閉じ込められたはずのリカルドたちが、自分たちを奪還するために戦う音なのだ。

今の多勢に無勢で囲まれた状態の上、ナザリオというお荷物を抱えていては、ジャンも身動きがとれないはずだ。

誰か加勢しに来てくれたら、どうにかして、この膠着状態を解く方法が見つかるかもしれない。

ナディル王子は、今の状況をどうすべきか、苛立ちながらも迷っているようだ。

彼もまた、大国と争いを起こし、むざむざ祖国を戦場にするような真似がしたいわけではないのだろう。

ナザリオが希望を抱きかけたときだ。

部屋の扉が開く音がして、先ほどの兵士が戻ってきたのかととっさに振り向く。

（……タマル？）

すたすたと部屋に入ってきたのは、イルハンの側仕えの少年、タマルだった。

見守っていると、彼はナザリオたちを囲む軍人たちの外側をぐるりと回り——あろうことか、ナディル王子を背にして、その前に立ちはだかる。

ジャンが彼に剣を向けているというのに、まるでナディル王子を剣から守るように、わずかの躊躇いもなく。

少年は、ジャンをまっすぐに見据えている。

「タマル、そこにいては危ない……っ」

思わず上げたナザリオの声に、タマルはちらりとこちらに視線を向ける。

「軍人どの……、刺すならナディル様ではなく、この僕にしてください」

はっきりとした声で言うタマルに、ナザリオはあっけにとられた。

「君は……」

呆然としてナザリオが言いかけたその瞬間、ジャンが小さく舌打ちする。

罪もないまだ少年のタマルを傷つけることは、彼にはできないのだ。

それを確認したのか、タマルは更に大胆で信じ難い行動に出た。すっと手を伸ばすと、躊躇いもなくジャンの剣先を手で掴んだのだ。

磨き上げられたジャンの鋭い剣先を握った彼のまだ小さな手から、たらりと血が流れる。

「馬鹿な……、離すんだ！」

驚いたジャンが言ったが、タマルは顔をしかめるだけで離さない。軍人の剣は極めて鋭く磨き上げられている、安易に動かせば少年の指を切り落としてしまうだろう。

まっとうなジャンの葛藤に付け込むようにして、タマルは剣先を掴んだままぐいと引っ張った。そのまま、ジャンから剣を奪うと、パッと手を離す。カシャンと音を立ててジャンの剣が床に落ち、タマルは血の滴る手を痛そうにもう一方の手で握り込んだ。

少年に身を挺して守られたナディルが、慌てて軍人たちに合図をする。

「い、今だ、捕らえろ!!」

ハッと気づいたギオルギが、この機を逃がさずに声を上げた。軍人たちがナザリオの腕を掴み、ジャンから強引に引き離そうとする。

ジャンがその軍人を蹴り飛ばし、再びナザリオを取り戻して腕の中にきつく抱き込む。

軍人たちが剣でジャンに斬りかかろうとするのを見て、ナザリオはとっさに声を上げた。

「――彼に怪我をさせることは許しません!」

こんな声を出したのは生まれて初めてかもしれないというほど、鋭く周囲を制する声が出た。

更に動こうとした者に目を留め、ナザリオは必死の思いで続ける。

「もし、この方と引き離されたら、たとえ殺されたとしても、僕は婚約者どのを占いませんから……っ!!」

その言葉を聞いて、軍人たちが戸惑ったようにぴたりと動きを止める。それではせっかく苦労してナザリオを連れてきた意味がなくなってしまうからだろう。

軍人たちの指示を仰ぐような視線が、寝台に身を起こしたナディル王子の元に集まる。

「くそっ……二人纏めて、地下牢にぶち込んでおけ！」

彼は顔を歪めて、かすれ声で腹立たしげに怒鳴る。

なぜかタマルが、はあ、とごく小さなため息を吐くのが聞こえた。

＊

拘束する必要はないと思われたのか、ナザリオは縛られずに済んだものの、ジャンは厳しく警戒されているようで、後ろ手に縄で縛られてしまった。

更には、彼は身体検査もされ、隠し持っていた護身用の短剣をも取り上げられてしまう。

ギオルギの部下たちの手で、二人はナディル王子の命令通り、地下に連れていかれた。

石造りの地下には、まっすぐな通路の片側にずらりと鉄格子のはまった牢屋が並んでいる。

ふと、祖国の教会の納屋の地下にも、子供たちを閉じ込めて反省させるための牢屋があったことを思い出して、ナザリオはぞっとした。

今は捕らわれている者は誰もいないようだが、なぜ、宮殿の地下にこんなものがあるのだろう。

「ほら、入れ」

背中を押され、ジャンとナザリオはともにそのうちの一室に入れられてしまう。

慌てて辺りを見回すが、粗末な寝台が置かれただけの牢屋の室内は、手が届かないほど高い場所に明かり取りの窓があるだけだ。

扉を閉める前に、入り口に立ちはだかり、ギオルギが言った。

「この離宮は、昔の王の代に、高貴な身分の罪人を閉じ込めるために造られた場所だ。かなり頑丈な造りだから、脱獄は不可能だ。入り口は一つだけ、見張りを立ててるからぜったいに逃亡はできない。朝まで大人しくしているんだな」

それから、彼はやや声を潜めた。

「……明日の朝になれば、おそらくナディル殿下がもう一度、言うことを聞くかどうか確認なさるはずだ。そのときまでに気を変えたほうがいい。意地を張らずに言う通りにすれば、皆無事に国境まで送ってやれる」

苦い顔で言ってから、顎で促すと、部下が頑丈そうな鉄柵の扉をガシャンと音を立てて閉める。

ふとギオルギも、自分たちに手荒な真似をした。この行動が不本意だったのかもしれないと気づく。

ぞろぞろと部下を率いてギオルギが去っていく。

最後の者が出ていく前に、牢の中からは手の届かない場所にあるテーブルの上に燭台が置かれ、明かりが灯された。

二度、扉が閉まる音がして、牢屋の入り口と階段の入り口の両方に鍵がかけられたことがわかる。

どうやら、二人を牢屋に放り込んだだけで、彼らには行動を細かく監視するつもりはないらしい。ずっと睨まれているのは苦痛なので、それだけは救いだと思った。

ジャンがぼやくように漏らした。

「抜かったな……まさか、タマルがあんな思い切った行動に出るとは思わなかった」

ナザリオも驚いた。

もし、ジャンが躊躇わずに剣を振っていたら、タマルの指は斬り落とされていただろう。そうまでして、ナディルをかばう必要があるのだろうか。

「あの子が最初から言葉を話さずにいたのは、ヴィオランテの者だと知られないためだったんですね」

彼の話す言葉には、イルハンとは比べものにならないほど明確なヴィオランテ訛りがあったのだ。ジャンも頷く。

「ああ、そのようだな。老人と少年の二人ともが、決して断られないようにしっかりと策を練ってから、我が国に侵入してきたようだ」

——イルハンとともにエスヴァルドでオルシーニ夫人に拾われたとき、タマルも何か言葉を話していたら。

おそらくリカルドに会った時点で、彼らがヴィオランテから来た者だということがわかっていたはずだ。その報告がレオンハルトに上がれば、彼は警戒を強め、イルハンたちとナザリオとの面会自体を許さなかったかもしれない。

それでも、タマルの怪我があまり深くなければいい、と思う。

ナザリオの内心の憂いが伝わってしまったのか、ジャンは「そんな顔をしなくていい。大丈夫だ、できる限り傷つけないように努めたから、傷は深くないはずだ」と言ってくれる。そうだといいのですが……とぎこちなく微笑んでから、ナザリオはハッとした。

「あ……な、縄を、解かなくては」

慌てて言うと、ナザリオはジャンの後ろに回る。だが、縄は非常にきつく結ばれていて、どんなに解こうとしてもいっこうに緩む気配がない。

そうやすやすとは解けないと気づいたのか、ジャンが「無理しなくていい。あなたの指を痛めてしまう」と言って、やんわりとナザリオの手を止めさせ、ゆっくりとこちらを向いた。

情けなさで泣きそうになるが、切る道具もなく、これ以上どうにもできない。

ごめんなさい、と謝ると、彼は「気にするな」と宥めるように言ってくれる。

こちらを向いた彼と至近距離で目が合う。

顔の傷の話が気にかかり、じっと見ることが躊躇われて、ナザリオがここまで近くでジャンと向き合うのは初めてだ。

こくり、と小さく唾を呑み込んだナザリオは半信半疑のまま、その容貌をまじまじと見上げた。

いつもの片眼鏡は、先ほどの争いの最中に弾き飛ばされてしまったようだ。

無意識のうちに手を伸ばし、ナザリオは彼の目にかかる長い髪をそっとよける。

長い前髪に隠された右の頬には、確かに傷痕がある。

けれど、あらわになった容貌は——明らかに、よく見知った男のものだった。

「あなたは……」

思わず言おうとした言葉を、そっと身を屈めた目の前の男が、優しく唇で封じた。

優しく触れただけで唇は離れる。吐息が掠めるほどすぐそばで、彼が囁いた。

「……今は、その名前で呼んではいけない」

(やはり……レオンハルト様……!?)

ナザリオは愕然とした。

部屋で抱き締められ、名を呼ばれたとき。そして、先ほど抱き寄せ、身を挺して守ってくれた彼に、こうして口付けられたことで、今、ようやくわかった。

どれも、他の者であれば戸惑いを感じて受け入れることはできなかったはずだ。だが、ナザリオはなぜかそれらにみじんも嫌悪を感じることはなかった。

それも当然のことだ――ジャン・オーギュスト・ル・ブラン卿の正体は、ナザリオの伴侶であるエスヴァルド王国の王太子、レオンハルト自身だったのだから。

この怪我はいったいどうしたのかと心配になり、間近でよく見てみると、傷痕は何かを貼りつけた作り物だとわかった。

――おそらくは、髪で顔を隠した上で、ナザリオが顔をまじまじと見て真実に気づくことのないようにするためだ。

なぜ正体を隠し、手の込んだ変装をしてまで、彼がこの旅に同行しているのか。

その理由を訊こうとしたとき、袖口の中でもぞもぞする感触に気づく。

ハッとして慌てて「ごめんよ、大丈夫だから、出ておいで」と呼びかけると、二匹はそれぞれぴょこんと顔を出す。

『ぷはっ、あ……でんか！』

熱かったのか頭をぷるっと振ったピーノが、ナザリオの前にいる男を見て声を上げた。

唖然とするナザリオの前で、ロッコが慌てて口を開く。

『ち、ちがいます、るぶらん様ですよ!!』

ロッコはナザリオの腕にぴょんと飛び乗ると、まだ袖口の中から頭を出しただけのピーノをぽかぽかと小さな前足で叩く。

ピーノは目を丸くして慌てて口元を押さえ、『いまのはまちがいです！　るぶらん様です!!』と必死に言い直している。

それを見て、ナザリオとレオンハルトにも思わず笑みが零れる。

「もう隠さなくて大丈夫だよ」と言うと、二匹はぴたりと動きを止め、目をぱちぱちしてからホッとした顔になった。

『もう〝でんか〟ってお呼びしてよいのですね！』

『よかったあ！』

ピーノとロッコは彼の正体をナザリオより先に知っていたらしい。

あまり大きな声を出してはだめだよ、と言うと、二匹は揃ってこくんと頷く。

それから、大喜びでレオンハルトに飛び移ると、彼の肩に乗った。

『あれぇ……？』

彼がいつものようにすぐに撫でてくれないところを見て、ふと、その腕が縄で拘束されていることに気づいたようだ。

ピーノが『でんかのおててが縄で結ばれています！』と驚いた声を出す。

ロッコが、『われわれがはずしてさしあげなければ！』と言い出したかと思うと、二匹は急いでレオンハルトの腕を辿って下り、鋭い歯でガジガジと縄を噛み切り始める。

後に回る。

「お前たち、歯が……」

硬いロープで無理をして歯が欠けてしまわないかと、ナザリオが心配してレオンハルトの背後に回る。

その間にも、二匹は協力してどんどん噛み進め、あっという間にレオンハルトを拘束していた縄は解けて、彼の足元に落ちた。

「驚いたな……なんて有能なんだ、お前たちは」

手首をさすりながら目を丸くするレオンハルトに「短剣を奪われたから助かったよ、感謝する」と礼を言われ、二匹は辺りをぴょんぴょんしながらご満悦顔だ。

歯は大丈夫?と確認すると『ぜんぜんもんだいありません!』と可愛らしい小さな前歯をイーッとして見せてくれる。

ナザリオがホッとすると、二匹はやっと周囲の状況に気づいたらしく、きょろきょろと辺りを眺め始めた。

『なんてせまいお部屋!』

『いつものカゴの寝床がありません!』

鉄格子のはまった入り口をうろうろして、ナザリオたちが閉じ込められているのだとわかると、ロッコが『われわれが鍵を探してきましょうか?』と驚くようなことを言い出す。

ピーノたちの大きさなら、確かに鉄格子の隙間をすり抜けられる。だが、見張りの軍人に見つかったら、それこそ小さなこの子たちが何をされるかわからない。

「鍵は探さなくて大丈夫だよ。お願いだからどこにも行かないで、僕たちのそばにいて」

慌ててナザリオが頼むと、はーい、と声を揃え、ぴょんぴょんと跳びはねて二匹がこちらに戻ってくる。

レオンハルトの拘束を解いてくれたご褒美をあげたいけれど、牢の中では何もあげられるものがない。

ふと、先ほど着替えたときに、万が一のことを考えてとっさに懐に入れておいた糖衣がけのアーモンドの包みを思い出す。ジャン――レオンハルトがくれたものだ。

それを取り出して、寝台の上にお座りをした二匹に分け与えると、ピーノたちは大喜びで前足で掴み、カリカリと可愛い音を立てて食べ始めた。

それからナザリオは、レオンハルトのほうに向き直った。

「……ピーノたちも知っていたのに、僕にだけ秘密にされていたのですね……」

改めて彼と向き合うと、何を訊けばいいかわからなくなる。

混乱しているナザリオを、レオンハルトが背中に腕を回して引き寄せた。

「途中から、あなたは気づいているのかと思っていたよ」

苦笑する声音で言われ、彼に抱きついたままナザリオは首を横に振る。

「ちっとも気づきませんでした。な、なぜ、こんなことを……？」

ともかく座ろうと言われて、二匹がおやつを堪能しているそばで　壁に背を預け、並んで腰を下ろす。

「何から話したらいいか……」

言葉を選びながら、彼は事の経緯を話し始めた。

「俺は、あなたが年老いたイルハンの必死の願いを無碍にはできないことも、ナディル王子の死に際の願いを断れないことも、理解していた。そして、彼らを見捨てれば、きっとこれから先、ずっとその事実をあなたは後悔し続けるのだろうと。それで、悩んだ末に、父上とクラウスを呼んで、事情をすべて打ち明けたんだ。どうにかしてナザリオの希望を叶えてやりたい、そのために、考えられる限り、最高の警護をつけたい、と話をした。クラウスは、自分が行くことには二つ返事で同意してくれて、更に自分の隊を連れていくより、リカルド率いる近衛隊に自分が加わるほうがいいだろうとも言ってくれて、父上も、できることがあればなんでも手配すると約束してくれた。そして、リカルドたちにも頼み、準備を進めたんだが……なんだか、もやもやしたんだ」

アーモンドを食べ終わった二匹が、ちょこちょこと歩いてきて、ピーノはナザリオの腕の中に、ロッコはレオンハルトの掌の中に収まる。

いつものように毛繕いをする二匹を優しい目で眺めながら、彼は続けた。

「リカルドは、命に代えてもあなたを連れ帰ると誓ってくれた。クラウスとリカルドに任せておけば安心だ。きっとあなたを無事に連れ帰ってくれる……そう思うのに、どうしてもまだ、何かが足りないような気がしたんだ。悩むうちに、このもやもやを消すには、たった一つの方法しかないと気づいた」

レオンハルトはナザリオをじっと見た。

「それは、俺自身が同行して、直接あなたをそばで守ることだ、と」

そう言ってから、彼は自嘲するように小さく笑う。

「まあ、そう思い立ったはいいが、実行するにはかなり準備が必要だった。再び、クラウスと父上、そして今度はリカルドも呼んで、考えた計画を説明した」

レオンハルトの話によれば、『どうにか変装して、王太子ではないただの軍人として、自分自身がナザリオに付き添って守ってやりたい』という話を持ちかけたとき、反対意見がゼロだったわけではないらしい。

懸念は、もし隣国内で正体がばれたら……という不安と、戴冠式までに戻れなかった場合のこと、その二点についてだ。

そこでレオンハルトは、三人と最善策を話し合った。

まず、城には自らの影武者を立て、万が一のときには彼が戴冠式に出て儀式をこなせるように特訓した。

「影武者の方がいらっしゃるのですか……？」

ナザリオが驚いて訊ねると、彼は当然のことのように答えた。

「ああ。国王と、王位継承者には、いざというときのために必ずいるものだ。だいたい、どの国もいるだろう」

国中から容貌と体格の似た者を探し、有事に入れ替わりができるように、普段からくせなどを学んでおくのだという。

レオンハルトの場合は地方の村で働いていた農民だそうで、現在は城の使用人として働いているため、有事の際にはいつでも入れ替わることができるらしい。

普段は髪形が違うから似ていることに気づかないが、彼曰く「髪形を揃えて俺の服を着れば、遠目にはかなり似ていると思う」ということだった。

ほとんどの者と遠くから会うだけなので問題はないはずだが、その中で本来行われる予定の「忠誠の儀式」だけは、貴族や諸侯など多くの人々が間近で接触することになる。そのため、忠誠の儀式だけはレオンハルトが戻ってから、改めて後日に執り行うことにして、早々に祝いの宴に移ってもらう予定にしたらしい。

「俺が本気であなたに同行するつもりだとわかると、皆協力してくれることになった。父は『私があと十年若ければ、代わりに付き添ったのに』と悔しそうに言い出すし、クラウスは『もしティモがヴィオランテに行くとしたら、私も行かずにはいられないと思う』と言ってくれた。それからは、ひたすら影武者に俺のくせを仕込むことと、俺自身があなたに疑われず、ル・ブラン卿になりすますための準備に明け暮れていた。ずっと離れに戻れなかったのは、そのせいなんだ」

「そうだったのですね……」

ナザリオが嫌われてしまったのかと落ち込んでいた頃、彼はなんということか、自分の旅に同行するために、ありとあらゆる根回しをしてくれているところだったのだ。

それから彼は、腕が立ち、口が堅い者を近衛兵から選りすぐり、彼らに事情を説明した。

その上で、もっとも正直で、うっかりレオンハルトの名前を呼んでしまいそうなナザリオ自身には変装の事実を伏せておくと決めたそうだ。

「あなたに秘密にしていたことを、怒っているか？」

「い、いえ、そんなことは……！　きっと、知らされていたら、確かに僕はとっさのときに、名前を呼んでしまっていたかもしれません」

正体を知らされていたら、正直言って、レオンハルトを軍人の一人として扱い、自然に接することができたかもわからない。

そう言うと、彼は少しホッとしたように表情を緩めた。

「クラウスを置いてきたから、もし影武者が困ったときは彼がフォローしてくれる。必ず戻るつもりではいるが、俺に何かが起こったとしても戴冠式は滞りなく行われるはずだ。俺たちが戻らず、更にこちらからの連絡が途絶えたときどうするかも、よく話し合ってきた。その場合は、ユリアンが先々王位につくという前提で、クラウスが摂政として政務に当たってくれる。幸い、父もこのところ体調が良く、彼らに助言することができる。大きな混乱は起きないようにできるはずだ」

そこまで話すと、彼は隣でまだ呆然としているナザリオの顔をそっと覗き込んだ。

「……俺の行動を、無謀だと呆れたか？」

問われ、「いいえ、そんなことを思うはずがありません。ただ、驚いてしまって、……」というナザリオの返事に、彼は小さく笑った。

「驚くのも無理はない。俺も……自分自身の行動に驚いているほどだ」

ナザリオは彼を見上げる。

「国王の行う儀式の中でも、戴冠式は最重要の位置づけだ。貴族たちや国民から信頼を得る王となるためにも、決しておろそかにするわけにはいかない。だが、もし欠片でも不安が残ったままあなたを行かせて、何かあったら……そのとき俺は、生涯後悔の中で生きるだろう。おそらくは、隣国に闇雲に攻め込み、両国の平和を乱して、多くの民の命を失わせた上に、先々は王位から退くことになると思う。だから、逆に考え方を変えて、腹を括ることに決めた」

彼はナザリオをじっと見つめる。

「国にとっても、自分自身にとっても最悪の事態を回避するために、むしろ俺はヴィオランテ行きに同行して、あなたを守るべきなんだ、と」

ナザリオは息を詰めてレオンハルトを見つめ返す。

「俺はあなたの希望を叶えた上で、この手で無事に連れて帰る。それがどのような結果になったとしても、戴冠式も滞りなく行えるようにする。だから、国のことは何も心配はいらないよ」

穏やかに言う彼の覚悟を知り、ナザリオは胸を打たれた。

そう説明したが、レオンハルトは、何よりも重要な位置づけである戴冠式よりも、結果的にナザリオを守ることを優先してくれたのだ――最悪の場合はナザリオともども、二度と国に戻れなくなり、王位を失う覚悟まで決めて。

だが、そこまでの覚悟を持って訪れた隣国では、ナディル王子が死にかけていることは事実でも、真の頼みを誤魔化《ごまか》されていたせいで、ナザリオには叶えられない願いだったというのに。しかも、はるばるやってきたことを感謝されるどころか、一行は分断され、自分たちは投獄されている。もう、めちゃくちゃだ。

無理を押してここまでやってきたことに、虚しさが込み上げる。レオンハルトに盤石の地位である王位を失わせる危険を冒してまで、辿り着いた場所だったというのに。

自分は元々何も持っていないから構わない。けれど、戻れなかったとき、レオンハルトが失うものはあまりに多すぎる。申し訳なくて、ボロボロと涙が溢れてきた。

『ナー様？　どこかいたいのですか？』

手の中でうとうとしていたピーノが堪えた嗚咽に気づき、慌てて肩に乗って涙を拭いてくれようとする。

ロッコもレオンハルトの手の中で起き、『ナー様、なぜ泣いていらっしゃるのですか？』とおろおろし始める。

「ご、ごめんね、起こしてしまって……レオンハルト様に泣かされたわけじゃないから」

大丈夫だよ、と言ってから礼を言うと、二匹はまだ心配そうな顔のままちらちらとレオンハルトのほうを見る。

「ナザリオの言う通りだ。だから、安心してお休み。まだ明日もきっと、お前たちには活躍してもらわなければならないことがあるからな。体を休めておいてくれ」

レオンハルトの言葉に、耳をぴくぴくさせると、二匹は目を合わせてこっくりと頷く。

それから二匹ともナザリオのところに来て、頬に残る涙を尻尾でせっせと拭いてくれる。

『おやすみなさいませ』と言い、片方の袖の中に一緒に入って丸くなった。

その様子を見て、ナザリオもホッとする。

しばしの間のあと、可愛らしい二つの寝息が聞こえてくるのを確認してから、ナザリオは小声で言った。

「……あなたがそんな大変な準備をしてまでついてきてくださったというのに、結局こんなことになってしまって……いったい、どうお詫びしたらよいのか……」

「詫びなど不要だ。俺たちは夫婦なのだから」

レオンハルトがナザリオの肩をそっと抱き寄せる。

まだ潤んだ目で見上げると、彼は小さく微笑み、新たに目尻の涙を拭ってくれた。

「泣かないでくれ、ナザリオ。ナディル王子の頼みがあなたに偽りの占いをさせることだったなどとはわかりようもなかったことだ。俺は、あなたがあの頼みに『できかねます』と言い切ったとき、思わず笑い出しそうになってしまったよ」

レオンハルトは、こんな状況なのに、なぜか少しも深刻そうではなく口の端を上げている。

「な、なぜお笑いになるのですか？」

「あの状況なら、普通であれば逃げるために『わかりました』ととりあえず請け合う。助かるために、どんな嘘や誤魔化しでもする。それが人間というものだ。だがあなたは、『嘘の占い結果を告げろ』という依頼を、真正直にきっぱりとあの場で撥ねつけた。俺はあなたに惚れ直したが、おそらく、ナディル王子は相当驚いたのだろうな」

くすりと笑うとレオンハルトはナザリオと目を合わせた。

「……同行する件を、あなたにだけ秘密にしていたのは、もう一つ理由がある。もし先に伝えたら、あなたはおそらく、俺の同行を断るだろうと思っていたからだ」

彼は目にかかる髪を軽くかき上げると、両目でナザリオを見つめた。

「俺自身が、どうしてもついていきて、そばであなたを守りたかった。だから、もう決して謝らないでくれ。これは、俺自身の選択だから」

そう言うと、レオンハルトはナザリオとこつんと額を合わせ、ため息を吐くようにして囁いた。

「救いを求めている者を決して見捨てられないほど優しくて、自分の決めたことを曲げられず、不器用なほど嘘がつけなくて、まっすぐな心を持っている。あなたのそういうところを、愛しいと思った。そんなあなただから、好きになったんだ」

レオンハルトの低く潜めた囁きが、ナザリオの心に届く。

「もしあなたという人に出会わなければ、俺は一生独り身だったたし、王位を継ぐ立場を得ることもなかった。俺が手にするはずだった王位は、そもそもあなたがもたらしたものだ」

彼はまっすぐな目でナザリオを見て言った。

「だからあなたは、自分の思うように生きていい。俺は無垢で頑固なあなたを愛し、生涯守って生きるともう決めているのだから」

（レオンハルト様……）

堪え切れずにまた涙が溢れてきて、ナザリオの頬を濡らした。

「ああ、そんなに泣かないでくれ。二匹が起きてきて、『ナー様を泣かせた！』と怒られてしまうよ」

優しく笑った彼が、指先で涙を拭い、まだ滲んでくる雫を唇で吸い取ってくれる。

穏やかな手つきで髪を撫でながらそうされているうち、だんだんと涙が止まっていく。

肩を抱き寄せられて彼の胸元にもたれる体勢になり、背中を大きな手で撫でられた。

「ここまで来る旅の移動だけでも、じゅうぶん疲れているだろう。おそらく、見張りは朝までここには来ない。柔らかな寝台を用意してやれなくてすまないが、そばにいるから、安心して休んでくれ」

額にそっと口付けられ、膝を枕にするように促される。

「膝枕なら、僕のほうがします」

レオンハルトこそ休むべきだと訴えたが、「俺とあなたでは体力がまったく違う。俺は疲れてはいないし、座りながらでも休むことができる。頼むから大人しく休んでくれ」とあっさり断られてしまった。

確かに、明日、これ以上足手まといにならないためには、素直に休み、少しでも体力を温存しておくべきなのだろう。

おずおずと膝を借りて、袖の中のピーノたちを起こさないように気をつけながら横になる。鍛えているレオンハルトの膝は硬かったが、軍服のズボン越しにも温かさが伝わってきてホッとした。

羽毛を敷き詰めた極上の寝台で眠るよりも、この膝の上に頭を預けるほうが安堵できる。

明日は何が起こるかわからない。

ともかく牢屋から出て、全員無事に国に戻らねばならない。

レオンハルトはああ言ってくれたが、ナディル王子の真の頼みを聞いたあのときは、答えに隊の皆の命がかかっているとは考えていなかった。だから退けることができたのだ。

だが、今は違う。そのためなら、自分が信念を曲げるべきなのかもしれない――。

（偽りの占い結果を告げる……）

一度でも嘘の占いをすれば、自分は神様から授かったこの特別な力を失ってしまうかもしれない。

それでも、レオンハルトとここまで同行してくれた皆の命とは引き換えにはできない。

心の中で悩みながら、目を閉じる。

優しく髪や肩を撫でられていると、レオンハルトがそばにいるというだけで、少し湿った石造りの牢屋の中なのに、うとうとと眠気が込み上げる。

「……いい夢を。愛しいナザリオ」

囁きが聞こえる頃には、ナザリオは眠りの中に落ちていた。

＊

――運命の朝がきた。

夜明けとともに自然と目覚めたナザリオは、身を起こす。

レオンハルトは目を閉じて休んでいただけで眠っていなかったらしい。まだよく寝ているピーノたちを起こさないように気をつけながら、ナザリオはいつものように祈りを捧げる。

（……どうか、ここから全員無事に戻れますように）

そして、レオンハルトが戴冠式に間に合い、王位につくことができますように、と。

それから、レオンハルトと寄り添い、ピーノたちを抱きかかえて、もう一度目を閉じた。

それからどのくらい経ったのだろう、うとうとしているうち、瞼の裏にはっきりとした明かりを感じる。

「……リオ、ナザリオ」

耳元でそっと呼びかけられて、目を開ける。

そこには、長髪のレオンハルト――いや、『ジャン』がいた。

「すまないが、起きてくれ。見張りが来るようだ」

いつの間にか、彼に身をもたれさせて熟睡していたことに気づき、ナザリオは慌てて身を起こした。

どこかで人々が話す声が聞こえてくる。すぐにここまでやってくるだろう。

一軍人である彼と密着して眠っているところを見られてはいけないと、まだくっついていたい気持ちを抑え込み、無理にレオンハルトと体を離す。

「ご、ごめんなさい」と謝ると「いいや」と彼は首を横に振った。

「とてもよく眠っていて、可愛らしかった。あなたと二匹がくっついてくれたおかげで温かくて、牢だということを忘れるぐらいに心地好い一夜だったよ——さあ、来るぞ」

鍵を開ける音に続いて、扉を開け、階段を下りてくる複数人の足音が聞こえる。

二匹も危機感を覚えたのか、寝ぼけ眼のままナザリオの膝の上で顔を上げた。

急いでピーノたちを袖に入れてから、立ち上がって身構える。

しかし、下りてきたのはギオルギでもナディル王子でもなく、初めて見る人物だった。

兵士たちを率いてきたのは、長くまっすぐな黒髪を項で一つに結んだまだ若い男だ。

きりりとした面立ちの彼は長身で、仕立てのいい藍色の上着に襟元から覗く豪奢な首飾りをつけている。腰から下げた剣の特別な意匠を見ても、彼が一介の軍人ではないことが見て取れる。

こちらを見据える目は、はっきりとした鮮やかな碧色だ。

（ナディル王子と同じ色……）

ナザリオがそう思った瞬間、男が口を開いた。

「……まさか、本当に牢に入れているとはな。おい、鍵を開けろ。急げ！」

ぼやくように呟いたあと、配下の者に命じて鍵を開けさせる。躊躇いもなく自ら牢の中に入ってきたその男は、ナザリオの前に立つと、忌々しげな口調で言った。

「エスヴァルド王国王太子妃殿下、ナザリオどのだな。我が弟ナディルが大変な無礼をしてすまない。私はヴィオランテ国王太子、ダヴィドだ。弟に代わって謝罪する」

彼は、「詳しい話はあとだ。ともかくこの場から出てもらわねば」とだけ言うと、ナザリオと『ジャン』の二人を牢から解放する。それから使用人に命じて、昨夜用意されていた部屋とは別の新たな客間に案内させた。

その部屋に入って間もなく、豪華な食事が運ばれてくる。

気づけば、時間はすでに昼に近い。

給仕の使用人に、気がかりだったリカルドたちのことを訊ねると「一行の皆様にも、ちゃんと食事を運んでいます」という答えが返ってきて、とりあえずホッとした。

「まだ彼らは閉じ込められているのか？」

『ジャン』の問いに使用人は困った顔になったが、どうもナザリオたちを心配して、部屋から出ようと暴れる者がいたため、まだ扉には鍵をかけたままの状態らしい。

「皆様ご無事でお怪我はありません、すでに王太子妃殿下たちの身の安全についてもお伝えしてあります」

のちほど、許可さえ下りればすぐにお会いいただけますので、と言われたが、その許可を出すのは誰なのだろう。ナディルなのか、それともギオルギ？　もしくは、ダヴィドなのだろうか。怪我をしていたステファノの様子も気になるし、早めに合流したいとナザリオは焦りを感じた。

ともかく食事を取りながら、こっそりピーノたちにも果物やパンを分けると、やっと美味しいものにありつけた二匹は、きらきらと目を輝かせている。

食器が下げられ、食後の甘味と茶が運ばれてきた頃、『落ち着いた頃に来るから、改めて話を』と言っていた通り、再びダヴィド王太子が部屋を訪ねてきた。

なぜか彼はタマルを連れている。

促されて、ナザリオは躊躇いながら肘掛け椅子に座り、その背後に『ジャン』が立つ。

テーブルを挟んで向かい側にダヴィド王太子が腰を下ろし、その隣にちょこんとタマルが腰を下ろした。

ダヴィド王太子は苦々しい口調で話し始めた。

「……昨夜、このタマルから『一大事だからどうしても離宮に来てほしい』という早馬の手紙を受け取り、用事に出向く前にここに寄ったんだ。すると、使用人たちは私が来たことに慌てて、ナディルの側近のイルハンなどはもう真っ青になっていた。状況を知り、私も眩暈がしそうになったが……まさか弟が、自分の身勝手のために隣国との間に多大な軋轢を引き起こすような真似をしでかすとは、想像もしていなかったことだ」

これ以上ないほど苦い顔をしながらダヴィドは言う。

彼によると、今日、ナディル王子は急に体調が悪化して、医師によると今は話せる状態ではないのだという。

言い訳かと部屋を覗いたが、本当に熱が高く、意識がないようだったので、やむなく自分一人が謝罪をしに来たのだそうだ。

「本来は、ナディルを連れてきて、奴からも直接謝罪をさせたかったんだが、仕方ない。不肖の弟だが、可哀そうなことに若くして重い病に苦しみ、今はどこか自暴自棄になっている。タマルが知らせてくれなければ、もっとひどい事態になっていたはずだ」

ダヴィドは労わるように、隣にいるタマルの頭を撫でる。

「この子は、私たち兄弟の腹違いの弟だ」と言われて、ナザリオたちは驚いた。

正妃の子であるダヴィドたち兄弟とは異なり、明らかにタマルは、服装も待遇も使用人扱いだったからだ。

「タマルは使用人が生んだ子なので、王位継承権がない。私にもナディルにも一生懸命仕えてくれているいい子だが、まさかナディルが、あなたを連れ出す愚かな企みにこの子を使うとはな」

タマルは目を伏せる。その手には白い包帯が巻かれているのが痛々しい。

「……傷の具合はどう？　痛みは？」

ナザリオがそっと訊ねると、タマルは驚いたように顔を上げた。

「す、すぐに手当てしてもらったので、痛みはもうありません」と答え、それから、すまなそうに「王太子妃殿下、ごめんなさい」と小さな声で謝った。

それはおそらく、自らの血筋や他の様々なことについて偽ったまま、ナザリオをこの国に連れてきたことへの謝罪だったのだろう。

だが、いくら王の子息であっても、使用人の母から生まれたタマルが、正式な第二王子であるナディルに命じられては選べる道などなかったはずだ。

ナザリオは首を横に振る。

「ダヴィド殿下に知らせてくれたおかげで、牢から出してもらえたんだ。君のおかげだよ」

口元に小さな笑みを浮かべてナザリオが言うと、タマルは泣きそうな顔で頷く。

「……タマルは、将来は暴走しがちなナディルの補佐に、と思っていたところだったんだが……おそらく、それもかなわないだろうな」

ダヴィドが小さなため息を吐く。

「ナディルは、まだどこかで、自分が死ぬ運命を受け入れきれていない」

彼はナザリオに目を向けて言った。

「水に流せとは言わない。できる詫びはするから、どうか、今回はそれで許してやってくれないか」

許すも許さないもない。ただ、謝罪をしてくるダヴィド王太子が、これからナザリオたちをどうするつもりでいるのかが気にかかった。

「ナディル殿下の病のお辛さは、察するに余りあります……ですが、彼の願いを叶えるためにここまで来たというのに、私は偽りの占いをするように強いられ、一晩牢に入れられてしまったのです。しかも、罪もない警護の者を傷つけられました。ナディル殿下のあまりに乱暴な行いは、正直、受け入れがたいものです」

言葉を選びながらナザリオが言うと、ダヴィドは頷いた。

「それも当然だろう。ナディルが目覚めたあとは厳しく叱っておくし、ギオルギ大尉たちにも適切な処分を与える。怪我をした者のところには医師を行かせよう。他にも何か望みがあれば言ってくれ」

ナザリオは、投獄される前に奪われた『ジャン』の剣を返してもらいたい、と頼んだ。

舌打ちして、ダヴィドがすぐに使用人に命じる。待つほどもなく、長剣と短剣の両方が運ばれてきて、恭しく『ジャン』の手元に戻されるのを見て、ナザリオはホッとした。

武器を返してくれるなら、ダヴィドの言葉は信じられるものだとわかったからだ。

彼はやや態度は尊大ながらも、ナディル王子とはまったく違い、話もわかり、短気でもない。

そこに希望を見出して、ナザリオは訊ねた。

「ダヴィド殿下は、私たちを解放してくださるおつもりなのですか？」

「ああ、もちろんだ。だが、怪我をしたという警護の者も、もう一日程度は休んだほうがいいだろう。こちらも、明日の朝には私の配下の者をここに揃える。彼らを警護につけ、国境まで必ず無事に送らせる。……貴国の新王の戴冠式にも、間に合うように帰れるはずだ」

ナザリオはホッとして、思わず背後にいる『ジャン』に笑顔を向けたくなるのを堪えた。

なぜかダヴィドが苦々しい顔をしているのに気づいて不思議に思う。

「昨年、一つ向こうの国であるサビーナの王女からは結婚式に招かれたが、隣国のエスヴァルドからは戴冠式の招待状も来ない。正直、不愉快なことだ」

ぼそぼそと言われて、ナザリオはかすかに目を瞬かせた。

その表情に気づいたのか、彼は少々慌てたように付け加える。

「別に、参加したかったわけじゃない。だが、無礼な対応だと感じただけだ」

そう言ってから、イライラした様子で続けた。

「弟のしでかしたことは謝るが、王家を通じての知らせもなく、我が国を訪れた妃殿下の行動もまったく問題がないとは言えない。それに、牢に入れることになったのは、ナディルの前で最初に剣を抜いたあなたの警護を制御するためのようだ」

「そ、それは……っ」

驚いてとっさに反論しかけると、そっと『ジャン』がナザリオの肩に触れる。

『今は争わないほうがいい』という意味だとわかって、唇を噤んだ。

その様子を眺め、ダヴィドが続ける。

「貴国の次期国王は、どうせこれまで通り、我が国と交流を持つつもりはないようだ。妃殿下が国に戻ってどう報告するのかは知らないが、お互い様とまではいかなくとも、互いに問題があるということだけは理解しておいてもらいたい」

ナザリオは、弟の件を詫びていた時とは異なる、どこか吐き捨てるように言う彼の態度の理由に気づく。

（もしかしたら、ダヴィド殿下は……招待状さえくれれば、エスヴァルドに来てくれるつもりでいたのかも……？）

レオンハルトの父、ルードルフが生まれた頃に、二か国間の戦争は終結した。

しかし、それ以降も両国には目立った国交はなく、時折、ヴィオランテ側から攻撃を受け、国境付近での諍いが起こっている。それを大きな戦争にしないために、今も両国が努力している最中という関係なのだ。

せっかく、ヴィオランテの王太子の人柄と、エスヴァルドの戴冠式に出てもいいと考えていたことがわかったというのに、それだけでも良かったと思うしかないのだろうか。

とはいえ、今から招待状を出しても間に合わないし、そもそもナザリオには彼を招待するような権限もない。

それに、今は身分を隠しているレオンハルトがこの場で招待するわけにもいかないだろう。

――二つの緊迫した国がある。

そしてここには、その両国のまだ若い王太子がいるのだ。

レオンハルトは帰国さえできれば王となる身で、おそらくダヴィドも遠からず王位につくことになるのだろう。

だが今後、彼らが顔を合わせる機会はほぼない。

腹を割って話すような機会に恵まれることは、更に期待できない。

内心で大国エスヴァルドに興味と期待を抱き、招待状が来なかったことに落胆しているらしいヴィオランテの王太子。

そして、それを今、身分を隠したまま偶然聞くことになった、エスヴァルドの王太子。

もし、二人が今ここでわずかでも友好関係を築けたら、二つの国の未来、ひいてはこの大陸の行く末は大きく変化するのではないか――。

「明日の朝までには送る用意を整えるから、それまでに出発の支度をしておいてくれ。滞在に必要なものがあれば、使用人でも、このタマルでもいいから申し付けてくれれば用意させる。ああ、それから――」

立ち上がったダヴィドは、懐から取り出した包みをナザリオに差し出す。

「これは王家の医師が処方した、痛みや腫れによく効く薬だ。こちらの者が怪我をさせたという貴殿の警護の者に飲ませてやってくれ」

「それは、とても助かります」と言って驚きつつも、ナザリオは椅子から腰を上げて、テーブル越しに受け取ろうと手を差し出す。

包みを渡されるとき、かすかにナザリオの手と、ダヴィドの手が触れた。

――その瞬間だった。

目の前に見えているダヴィド王子の姿と重なるようにして、ナザリオの脳裏に鮮明な光景がよぎったのは。

くらりと眩暈がして、体を支えていられなくなる。よろめいたナザリオに「おい、大丈夫か⁉」と声をかけて、ダヴィド王子が慌てて手を差し出そうとする。

それよりも早く、レオンハルト――『ジャン』が背後から腕を伸ばして引き寄せ、しっかりとナザリオの体を支えてくれた。

体を支えられたまま、ゆっくりと椅子に座らされる。

「あ……す、すみません」

朦朧としながらナザリオは声を絞り出す。ダヴィドが使用人に命じて、急いで水を持ってこさせる。

『ジャン』に支えられて、ありがたく受け取った水を一口飲むと少し落ち着いてくる。だが、まだ頭の中は混乱していた。

(今、見えたものは、なに……？)

「具合が悪いのなら医師を呼ばせるが」

ダヴィド王子は、唐突に倒れかけたナザリオをどうしていいのか困惑顔で訊いてきた。

覗いた光景に、未だ半信半疑のまま、ナザリオは一瞬『ジャン』を見て、それからダヴィドを見上げた。

「ダヴィド王太子殿下……お訊ねしたいのですが……」

ナザリオは無礼ではないよう言葉を選んで訊ねた。

「何か、今晩祝い事のような席がありますか？」

彼は怪訝そうに「どうしてそれを？　今日は亡き母の誕生日だから、親族で集まるが」と言う。

強い焦りが湧いてきて、ナザリオは思い切って言った。

「その場に届けられたお酒を飲んではなりません」

——その酒を飲めば、彼はおそらく死に至る。

ナザリオの言葉を聞いて、ダヴィドは意味がわからないというように顔をしかめた。

彼によると、その日飲む果実酒は必ず決まった銘柄で、母が好んだ産地のものを取り寄せている。いつも献上しに来る商人はたびたび王宮に出入りしていて、旧知の信頼できる者だそうだ。

「何をもってそんなことを？」

彼はやや憤慨気味に言うが、ナザリオにもなぜそんな光景が見えたのかなど、さっぱりわからなかった。

自分には予知をする能力などない。ただ、特別な祝いの席で人々に囲まれ、果実酒を飲んだ王太子が倒れる光景がはっきりと見えただけだ。

「根拠のない忠告は脅しも同然だ。エスヴァルドの王太子妃殿下は特別な力を持つ神官だというのは大陸一帯に知れ渡っているが、まさかこの俺が今夜暗殺されると予言するつもりか？　いくら能力のある神官であっても、確証のないことを言うべきではない」と意にもかけてもらえない。

ふいに、ずっと黙っていた『ジャン』が口を開いた。

「――王位太子妃殿下の言うことは、真実だ」

ダヴィドは胡散臭いものを見るような目で『ジャン』に目を向けた。

「できることなら、本当に飲まないほうがいい。そもそも、こんなことを脅しで言ったところで疑いを持たれるだけだろう？　もしあなたを死なせたければ、黙って放っておくほうがいいに決まっている」

そう言われて、ダヴィドはぐっと詰まった。

「妃殿下は出身国など問わず、数多くの人々を幸運に導く占いをしてきた神官だ。信じるかどうかはダヴィド殿下次第だ。だが、妃殿下が告げたなら、脅しなどではなく、それは完全に善意から出た言葉であることを私が保証する」

彼は力強く断言してくれる。その言葉を聞いて、ナザリオは胸が熱くなるのを感じた。

ふと、不思議そうな顔になったダヴィドがまじまじと上から下まで『ジャン』を眺める。

まさか彼の正体に気づかれたのかと冷や汗をかいたが、そういうわけでもないようで、ダヴィドは「ご忠告痛み入る」と嘲笑うように言うだけだった。

「ともかく、貴殿たちの出発まで、争いは避けたい。これからそちらの隊の部屋の鍵は開けさせるが、できれば一緒に立ち会い、暴れないよう言い含めてもらいたい」

そう言うと、ダヴィドは部屋を出ていく。

タマルが慌ててぺこりと頭を下げ、その後に続いた。

二人の気配が遠のいた頃、『ジャン』がぽつりと言った。

「王太子が警戒してくれるといいが」

ナザリオは「ええ……そう願います」と小さく言って、硬い表情のまま頷いた。

——本当にそうだ。

ダヴィドは明日送り出してくれると断言したが、万が一にも今夜、彼の身に何か起きれば、状況は一変する可能性がある。

タマルはこちらに好意的なようだが、あの子には軍人を従わせられる力はないようだ。その間にもし伏せっているナディル王子が目覚めれば、最悪、全員が再び捕らわれの身になり、ナザリオが偽りの占いをするまで解放してもらえなくなるかもしれない。

どうか何事も起こらず、ダヴィド王太子が無事であるようにと、ナザリオはひたすらに祈りを捧げた。

それからすぐ使用人の案内で、ナザリオと『ジャン』はリカルドたちのところに向かった。扉越しに『ジャン』が声をかけ「昨夜のことは、ダヴィド王太子と話をつけた。ナディル王子の命令による狼藉についても謝罪を受けたから、二度とこのようなことが起こることはない。安心してくれ」と伝える。それから使用人が持参した鍵で、並んだ客間の扉を一つ一つ開けていく。

「王太子妃殿下！」

開錠されたとたん、中から隊の者たちが飛び出してきて声を上げた。彼らは皆、ナザリオたちが無事なことを確認するなり、魂が抜けたような顔になって安堵の息を吐いている。

中でもリカルドは顔面蒼白で、「ジャン、王太子妃殿下も……ご無事で何よりです」と涙ながらに言ってナザリオたちを見た。隊を率いる立場を任されていた彼は、ナザリオたちと引き離され、きっと一晩中、生きた心地がしなかったのだろう。

「……あいつら、我々を閉じ込めて妃殿下を連れ出すなど……本当に許せません」

「リカルド様、話はつきましたし、丁重な謝罪もいただきましたので、どうか落ち着いて下さい」

憤るように言う彼をナザリオは慌てて宥める。まさか彼らと隔離されていた一夜の間、自分たちが牢に閉じ込められていたなどとは、今はぜったいに伝えないほうがよさそうだと冷や汗をかいた。

「ともかく皆、無事で良かった」と『ジャン』が言葉少なに彼らを労わると、隊の中には涙を隠すように急いで目元を擦る者もいた。

明日の朝にはダヴィド王太子が国境までの警護をつけてくれて、安全に出発できる予定だと伝える。今ここでヴィオランテ側と争うつもりはないから、冷静に行動してほしいと言い含めてから、いったん彼らと別れた。

それから、再び鍵を持った使用人とともに、『ジャン』とナザリオと、警護のためについてきたリカルドを含めた軍人たちと移動した。通路を進み、隊の者たちに与えられた客間からは少し離れた場所にある、ナザリオたちのために最初に用意された部屋まで戻る。怪我をしたまま置いてくることになったステファノの容態が気がかりだったのだ。

開錠して扉を開けると、中で横になって休んでいたらしいステファノは、ナザリオたちの姿を見て慌てて身を起こした。

ひとしきり失態を詫びてから、皆の無事を喜ぶ彼に、「怪我の具合はどうだ？」とリカルドが訊ねる。

「昼すぎに医師が来て、怪我の様子を診てくれたんです」

そう言ってシャツを捲ったステファノの腹にはすでに薬が塗られ、包帯が巻かれている。ダヴィドが約束を守ってくれたことに感謝した。

（……これなら、彼から受け取った薬を飲んでもきっと問題ないはず……）

そう考えながら、ナザリオはまだ頬のあざも痛々しいステファノに、先ほどダヴィドからもらった薬を渡した。

「ダヴィド殿下からいただいた薬だよ。王家の医師の処方だそうだ」

ヴィオランテの王太子からだと聞くとステファノは驚いていたが、「腫れや痛みによく効くそうだから」と言って飲むように促す。

薬も飲んだし、明日出発するのにもうなんの問題もないとステファノは強がるものの、痛みがあるのだろう、見る限りではまだゆっくりとしか動けないようだ。無理をしてもし帰路の途中で悪化したらと思うと、当面はナザリオの馬車に乗って帰ったほうがいいかもしれない。

その日は詫びのためか、隊の一行全員にずいぶんと豪華な食事が出された。浴室にはたっぷりの湯も運んでもらえて、ナザリオは牢で一晩過ごした体を清めることができた。

新たに与えられた広い客間の間仕切りの向こうには、『ジャン』がいてくれる。

更に、警護の者が二人ずつ交代で部屋の前に立ってくれているので、不安も感じずに眠れそうだ。

『わあ、とってもいいかおり！』

『われわれはもうお腹がぺこぺこです！』

部屋に運ばれた食事をとる頃になって、やっと袖から出してやれた二匹は、異国のご馳走を見て目を輝かせた。何が起こるかわからないからと、ダヴィドとの話し合いや、隊の皆を解放しに行く際も袖の中から出してやることができなかったが、二匹はずっといい子で大人しくしていてくれた。やっと出てくるなり、初めての部屋の中をあちこち探検し、美味しい食事の分け前にたっぷりとありついたピーノたちは、今はいつものカゴの中ですやすやと眠っている。

「――まだ、起きていらっしゃいますか……？」

休む前に、ナザリオは寝間着のまま衝立《ついたて》のそばまで行って、向こう側にいる『ジャン』にそっと声をかけた。

入り口そばの空間は、本来、この客間に来客が続いたとき、次の客が待機するための場所らしく、長椅子とテーブルが置かれている。

室内には二人だけしかいなくとも、彼が正体を隠しているこの状況下で一緒の寝台で眠るわけにはいかない。せめてもと、ナザリオは警護の者のためにと使用人に頼み、ここに小さな寝台を入れてもらった。

『ジャン』は長椅子でじゅうぶんだと言ったが、到着して一夜目が牢で二夜目が長椅子では、いくらなんでも疲れが取れないだろうと心配だったのだ。

眠る前に顔を見に来たことがわかったのか、軍服のまま寝台に横たわっていた『ジャン』――レオンハルトは素早く身を起こした。ナザリオがおずおずと身を寄せると、すぐに肩を抱き寄せてくれる。

「……僕、ダヴィド殿下は、本当はエスヴァルドからの戴冠式の招待状を待っておられたのかも、と思いました」

軍服越しの胸元に顔を寄せたまま、潜めた声で言うと、彼が頷くのがわかった。

「いろいろ駆け引きが難しくて、長年、互いに送らないことが暗黙の了解になっていた。だが、先じてこちらから送っていたら、もしかすると……あのような尊大な態度ながらも、本音では、喜んで参加するつもりでいたのかもしれないな……」

ぽつぽつと話をしたあと、眠気を感じて目をこすると、「もう休んだほうがいい」と言われて抱き上げられ、寝台まで運ばれてしまう。

「お休み。何かあれば起こすから、安心して眠ってくれ」

優しい囁きとともに、胸元まで毛布をかけられる。

立派すぎるほど広い寝台が用意されているというのに、彼にこの柔らかな寝床で休んでもらうことができないのがもどかしかった。レオンハルトの正体を知られないためには仕方のないことだとわかってはいるけれど。

寝台の枕元に置いたカゴの中で眠っている二匹を確認してから、身を屈め、ナザリオの額に口付けると、彼はまた衝立の向こうに戻っていく。

——明日にはここを発つ。

ようやく、皆でエスヴァルドに帰れるのだ。

同じ部屋にいるレオンハルトのことを思いながら、ナザリオは安堵の中で眠りに落ちた。

＊

翌朝、ナザリオと二匹は広々とした寝台の上で清々《すがすが》しく目を覚ました。

身支度をして、いつものように朝の祈りを捧げる。贅沢な朝食を運んできてくれた使用人が下がったあと、密かに二人と二匹で揃ってテーブルにつき、腹を満たした。

『このくだもの、とってもおいしいのです！』とピーノがご満悦で、レオンハルトが取り分けてくれた小さな林檎のような果実をもぐもぐしていると、『ボクもたべます！』とロッコも反対側から齧りつく。小さな頬をいっぱいに膨らませて、おいしい！と声を揃えて大喜びの天真爛漫な二匹を眺めながら、レオンハルトと二人で微笑む。彼と二匹とともにいられるだけで穏やかな幸福が湧いてくる。ぜったいに皆を無事に国に連れて帰らねばと、ナザリオは決意を新たにした。

食事を終えて荷物を纏め、出発の準備をしているところへ、ダヴィド王太子が来たという知らせが届いた。

約束の時間にはずいぶんと早い。『ジャン』と顔を見合わせ、不思議に思いながら、二匹を袖の中に隠し、彼を通してもらう。

供の者を連れてやってきたダヴィドの顔は、なぜか青褪めていた。

彼は、供の者に「表にいてくれ。何かあれば呼ぶ。誰も寄せつけるな」と命じて、人払いをする。昨夜と同じようにナザリオと『ジャン』の三人だけになると、彼はソファに腰を下ろす。わけがわからないまま、ナザリオがテーブルを挟んだ向かい側に腰を下ろし、『ジャン』がその後ろに立つ。躊躇うように数度言葉を呑み込んでから、ダヴィドは口を開いた。

「昨日は……せっかく忠告してくれたというのに、失礼なことを言って、大変すまなかった」

予想外の言葉に驚くと、彼は膝の上に置いた手を握り締め、昨夜行われた祝いの席での出来事を話し始めた。

――結論として、ナザリオの予知通り、ワインには本当に毒が入れられていたらしい。

更に、狙いは王太子であるダヴィド自身だった。長年の間、権勢を振るった現国王が高齢になり、代替わりの時期を考え始めた今、これまで不遇な立場に置かれていた数人の王甥――つまり、ダヴィドの従兄弟たちがその計画を練った。

第二王子であるナディルは遠からず死ぬ。

血筋的には第三王子ではあるものの、半分平民の血が流れているタマルの即位には、貴族たちが決して頷かないだろう。

ならば、現皇太子ダヴィドさえ消せば、自分たちの誰かが王位を得ることができるはずだ。

そう考え、放蕩者の彼らは暗殺の機会を虎視眈々と狙っていたらしい。

件の果実酒は、亡き王妃の身内が住む城に運ぶ途中で工作がなされた。従兄弟たちに金を渡された賊の手で商人が拉致され、いったん開けたボトルの中に無味の猛毒が仕込まれていたのだ。

長年、王家御用達で信頼が置けるはずの商人は、家族の命を盾に取られ、やむなく毒入りの果実酒を城に運ぶしかなかった。

しかし、彼の様子が明らかにおかしいことから、ダヴィドはふと、ナザリオが必死の表情で伝えてきた、自らの身の危険についての予言を思い出した。

まさかと思いながらも、念のため、商人自身に毒味をさせようとすると、彼は号泣して事の次第を打ち明けた。

その事実を受け、城の中外を警護の者たちに厳しく検めさせると、王太子を始末したことを確認するために潜んでいた、従兄弟たちの配下を見つけたのだ。

「……俺の従兄弟たちは、別邸でくつろぎながら、『王太子が死んだ』という一報を、今か今かと楽しみにして待ち構えていたようだ。捕らえた者たちに従兄弟たちの潜伏先を吐かせ、昨夜のうちに一網打尽にすることができた」

苦渋の顔で話すダヴィドに、ナザリオは内心で驚愕する。

――やはり、あのとき見えた光景は、実際に起こりうる未来の出来事だったのだ。

とっさに振り返り、『ジャン』と目を合わせたあと、ハッとしてナザリオは慌ててダヴィドに訊ねた。

「あ、あの……その商人の方の、ご家族は……？」

「大丈夫だ。信頼できる地方官吏の元に早馬を向かわせて、保護させる。亡き母が愛した果実酒だ。商人にはこれからも懇意にして、これまで通り王家に献上してもらわねばならない。今後ももし、商人の家族に誰かが手を出そうものなら、私が容赦しない」

「そうですか……」と呟いて、ホッと息を吐く。すると、ダヴィドはナザリオをまっすぐに見て、姿勢を正すと言った。

「せっかく危険を伝えてくれたというのに、昨日は聞く耳を持たず、それどころか、嘲笑うような態度をとった自分を恥ずかしく思う。あなたが勇気をもって忠告してくれなければ、昨夜は毒に苦しみ……おそらく、私は今ここにはいない。感謝している……そちらの、護衛どのにも」

ダヴィドはナザリオの背後に立つ『ジャン』にも目を向けて付け加える。『ジャン』は無言で会釈をし、ナザリオは微笑んだ。

「わかってくださったのなら、それでじゅうぶんです。ご無事で何よりでした」

彼が黙っていれば、ナザリオたちには真実はわかりえなかった。それをあえて知らせ、昨日の自らの態度を、こうして誠意をもって謝罪しに来てくれた。

ナザリオは、この王太子は信頼が置ける人物なのだと確信した。

微笑むナザリオに、ダヴィドはなぜか躊躇うように視線を彷徨わせてから、ぽつりと言った。

「王太子妃殿下……いや、ナザリオどの。あなたは……素晴らしい人だな」

突然褒められて、ナザリオは驚く。

「弟のために、快くここまで来てくれた上に、牢に閉じ込められても、弟の愚かな過ちを糾弾することもせず……更には運命の相手が見えて、予知という特別な力まで持っている」

「い、いえ、予知はその、初めてのことで……」

なぜあのような光景が視えたのかもわからず、ナザリオ自身も不思議なくらいだ。もし有り得るとしたら、何事もなく皆と国に帰らなければという自分の強い思いが、帰国へ導いてくれるはずのダヴィド王太子を守るため、奇跡を起こしたのかもしれない。

けれど彼は、ナザリオには予知の力が備わっていると思い込んでしまったようだ。

ダヴィドはどこか惚れ惚れとするような目でこちらを眺め、「しかも、姿は天使のように愛らしい。あなたのような人を妃にできたとは、エスヴァルドの王太子殿下がうらやましいほどだ」と言った。

一瞬背後の空気が凍ったような気がしたが、『ジャン』は無言だった。

褒めちぎられて嬉しくないわけではないけれど、そもそも占いの力は天から授かったもので、自分が何か努力をした結果ではない。賛美してくれるダヴィドの言葉を、彼――レオンハルトは今、いったいどんな気持ちで聞いただろうと思うと戸惑うばかりで、ナザリオはどんな顔をすればいいのかわからなかった。

ふいに、ダヴィドがすっきりとした笑みを浮かべて言った。

「国に戻られたら、貴国の王太子殿下に伝えてほしい」

「なんでしょう？」

「私が我が国の王となった暁には、もっと両国間で友好的な関係を築けるようにしたい、と」

ナザリオは驚きに目を瞠る。

「も……、もちろんです！　必ず、レオンハルト殿下に申し伝えます」

胸元で手を組み合わせ、破顔して答える。

それは、またとないほど嬉しい言葉だった。

思わず背後に目を向けたナザリオは、『ジャン』――レオンハルトと目を合わせる。彼が口の端を上げて小さく頷くのを見てから、またダヴィドに視線を戻して口を開いた。

「――ダヴィド王太子殿下。招待状の送付が遅くなり、申し訳ありません。よろしければ、ぜひ、エスヴァルドの戴冠式にいらしてはいただけませんか？」

ダヴィドは驚いたように息を呑んだ。

「だが、それは」

「両国間の民は、二つの国の関係が更に良くなることを望んでいる者がほとんどではないでしょうか？　王家同士も同じなのです。今のお話を伺えば、我が国の王太子殿下もきっと同じことを言うでしょう」と、ナザリオは断言した。

ダヴィドはただ小さく息を吐くと、決意したように続けた。

「……無駄な意地を張るのは、もうやめだ」

ダヴィドはどこか蟠りが消えたような顔で、清々しく笑った。

「私は大陸一帯でもっとも繁華な街だというエスヴァルドの首都、リヴェラに行ってみたいとずっと思っていた。商人たちがあれこれと手に入れてきてはくれるが、自分自身の足で訪れ、この目で確かめたい。豊かで富んだ貴国のことをもっと知り、我が国のこれからに生かしたい」

謹んで招待をお受けする、と彼は答えてくれる。ナザリオは笑顔になって頷いた。

＊

ダヴィドは国軍の中から、極めて信用できる者たちを十数人ほど集めてくれた。

彼らの導きがあれば、ナザリオたちは安全にエスヴァルドとの国境まで戻れるだろう。

幸いにしてステファノの怪我も腫れが引き、薬のおかげか痛みもすっかり治まったという。

問題なく出発できそうだ。

隊の者が荷物を纏め、支度をした全員が離宮の入り口に集まる。

「――王太子殿下」

ナザリオたちが見送りに出てきてくれたダヴィドに別れを告げようとしたとき、急いで使用人がやってきて、彼に何かを耳打ちした。顔をしかめたダヴィドは一瞬悩む様子を見せたあと、なぜか迷うようにナザリオに目を向ける。

「……ナディルが目を覚ましたそうだ。出発間際にすまないが、もし良ければ、直接あなたに謝罪したいと言っているが」

どうするかというように訊ねられて、ナザリオは迷った。

（……彼には思いの外、ひどい目に遭わされたし……）

もうダヴィドが目を光らせているから、これ以上何かをされることはないと思うが、ナディルと会うのには不安があった。

「王太子妃殿下。面会されるのでしたら、我々はここでお待ちしていますので、どうぞお気遣いのないように」とリカルドがそっと声をかけてくれる。さりげなく目を向けると、『ジャン』もナザリオの意思を尊重するというように、小さく頷くのがわかった。


迷った末に、ナザリオは最後にナディルに面会してから出発しようと決めた。

念のため、ダヴィドも同席してくれることになり、彼に先導されたナザリオは、『ジャン』を伴って、一昨日の夜に連れていかれた豪奢な部屋に向かった。

ナディルの部屋には先客がいた。

「――王太子妃殿下、初めてお目にかかります」

寝台のそばの椅子からさっと立ち上がり、深々と頭を下げたのは、腰までの長い黒髪をした目の覚めるような美女だった。

「お会いできて光栄です。第二王子殿下、ナディル様の婚約者のエリシュカと申します」

ふわりとした淡い緑色のドレスを身に纏った彼女は、いかにも良家の令嬢という雰囲気を持つ品のある女性だ。どうやら彼女が、ナディルが自分に偽りの占い結果を告げさせ、兄とくっつけたがっていた婚約者のようだ。

「初めまして、エリシュカ様」

ナザリオが深々と頭を下げて挨拶を返すと、彼女は申し訳なさそうな顔になり、ちらりと寝台の上のナディルに目を向けた。

幾つも重ねたクッションに背中を預け、上半身だけを起こした彼は、今日は萎れている。目覚めたあとで周囲にずいぶんと絞られたのか、もはや身の置きどころがないといった様子だ。

「……いろいろ、勝手をしてすまなかった。兄上にも、彼女にも散々怒られた」

それは怒って当然だろうと思ったけれど、彼が暴走したのも、エリシュカへの愛ゆえだ。そう思うと、これ以上自分が怒るべきではない気がした。

すると、ふいにナディルは、上目遣いにナザリオを見て言った。

「やはり、エリシュカを占ってもらうことはできない、よな……？」

この期に及んで何を、と一瞬呆れたが、ナザリオが何かを言う前にエリシュカが呆れ声で口を開いた。

「もうおやめください！　占いは私には必要ありませんと、何度言ったらわかってくださるのですか」

「で、でも、このままでは……おれはもう、何もかもを失ってしまった。剣の腕は国一番で、どんな馬でも乗りこなせたが、今は部屋の中を歩くだけでせいいっぱいだ。だが、兄上はこれから国王になる身だ。兄は健康で友人も多く、財産も父の信頼も、おれとは違ってすべてを手にしている。きっと君を幸せに――」

かすれ声を絞り出し、必死に説得しようとするナディルを、今度はダヴィドが一喝した。

「私はもうずっと前に彼女には振られている。その上でエリシュカはお前を選んだんだろうが！」

それを聞いたエリシュカも、ナディルを困り顔で見つめた。

「……私は、自分の運命の相手はあなただと確信しているんです」

「だが、」

ナディルの言葉を遮り、彼女は続けた。

「それはあなたが、特別優れた剣の腕や馬を操れる力を持っていたからじゃありません。天真爛漫で、誰よりも情熱的に私に求婚してくれたあなたに惹かれて、生涯をこの人と生きていくと決めたからです」

そう言うと、彼女は自らの腹を見下ろした。

「……このお腹には、子がいます。もちろん、あなたの子です」

エリシュカが、ゆったりとした服でわからなかった腹の膨らみをそっと撫でる。

初めて知ったのか、ナディルも、それからダヴィドも驚いた顔をしている。

聞いていたナザリオたちも、もちろん驚いた。

それを聞くと、エリシュカが自分を遠ざけようとする彼に怒るのも当然のことだ。

「ナディル様、あなたはこれから父親になるんですよ。ですから、予定通りの日に大司教様に来ていただきましょう。もう私を他の誰かと結婚させようとするのはおやめください。寝台の上で何の問題もありません。この部屋でささやかな結婚式を挙げて、そして、一日でもいいから長生きをして、この子と私とともに家族の時間を持ってほしいのです」

はっきりと願いを告げたエリシュカの心は、不思議なくらい前を向いている。

いつしかナディルは涙を流しながら何度も頷き、ナザリオたちにも、今度こそ、身勝手な真似をしてすまなかったと真摯に謝罪してくれた。

彼らの間に生まれる子は、両親の深い愛を知り、強く生きていくことだろう。

ダヴィド王太子も甥を大切に守り、その将来を支えていくに違いない。

エリシュカの強い覚悟を知ると、運命にあらがい、一日でもナディルが長く生きてくれるようにと、ナザリオも祈らずにはいられなかった。

＊

到着してからは、予想外の出来事の連続だったけれど、その代わりにエスヴァルドへの帰路は、何もかもに恵まれて順調だった。

国境まではダヴィドの配下の者たちに送られ、エスヴァルド国内に戻ってからも何一つ問題は起きていない。

この分なら、おそらく戴冠式の数日前には余裕を持って王城に帰りつけるだろうと、ナザリオを含め、全員が安堵していた。

もうあと三日ほどで王城に着く、という夜のことだ。

天空高く昇った月が空に伸ばした梢の間から光を振りまく。

静かで美しい夜だった。

野営に適した森の中の草むらにいくつかの天幕が張られ、不寝番が火を焚いて獣の襲来を防いでいる。

この天幕で休むのもこれが最後だろうという夜に、ナザリオは一人、床に座ったまま悩んでいた。

自分に正体がばれたあとも、レオンハルトは長髪のカツラの変装を解かずにいる。ナザリオに顔を見られないようにする必要はなくなったため、右頬にあった作り物の傷痕だけは取っているが、依然として彼は『ジャン』の姿のままだ。

もちろん、同行の者たちは皆、レオンハルトの正体を知らされているけれど、万が一それを知らない外部の者に見られたときに、二人が同じ天幕で夜を過ごせば『王太子妃は軍の者と浮気をしている』とあらぬ誤解されないとも限らない。

そのためにナザリオは、伴侶とともに国への帰路につきながらも、宿屋の同じ部屋や一つの天幕でともに眠ることはできずにいた。

（でも……なんだか、帰りの道中では、レオンハルト様はあまり僕のほうを見てくださらないような気がする……）

何か、自分は彼が不快に思うようなことをしてしまっただろうか？　ナザリオは気になって仕方がなかったが、なかなかレオンハルトと二人きりになれる機会がない。

だから、城に着く前に少しでもいいから彼と二人だけで話がしたくて、ナザリオは意を決して天幕を出た。

リカルドと二人使いをしているレオンハルトの天幕は、少し距離を開けて、ナザリオの天幕から見える向かい合わせの位置に張られている。

するとと、天幕を出てすぐのところで、パッと彼らの天幕の入り口の布が開き、当のレオンハルトが顔を出した。

彼はすぐにナザリオに気づき、まっすぐにこちらへとやってくる。

「――どうした、眠れないのか？」

「いいえ……ただ、あなたと少し話がしたくて、今、そちらに行こうかと」

気遣うように言われて、正直に答えると、彼はわずかに照れた表情で口の端を上げた。

「俺もだ。ちょうど今、そちらに向かうつもりだった」

「そうですか」とホッとしてナザリオも頬を緩める。

二人でナザリオの天幕に戻る。一人で使うには広い天幕の中には、小さな明かりを一つだけ灯してある。すでに寝床の用意も済み、あとは着替えて休むだけだ。

中を見回した彼が、ふと「あの子たちがいないと、なんだか寂しいな」と言った。

今夜は、ピーノたちが寝床にしているいつものカゴがここにはない。

行きは緊迫した旅だったが、問題がすっかり解消して国に戻るだけの帰り道は、隊の者たちの表情も明るかった。そのせいか、ピーノたちは会話はできないながらも率先して軍人たちと交流して皆に可愛がられ、ずいぶん仲良くなったようだ。たくさん構ってもらい、すっかり近衛隊の面々に懐いて、帰り道は一晩に一つずつ、皆の天幕を渡り歩いてお泊まりをしている。皆大喜びで迎えてくれて、今夜はステファノたちの天幕に招かれているはずだ。

「いつも一緒なので、不思議な感じがしますが、だいたい夜明け前になると僕のところに戻ってきてくれていますし……あの子たちも、いつも僕のそばにいるばかりではつまらないでしょうから、遊んでもらえてありがたいと思っています」

そう言うと、レオンハルトがナザリオの頬にそっと触れる。驚いて顔を上げると、彼が困ったように微笑んだ。

「そんな寂しそうな顔をしながら言っても駄目だ。本当は、寂しくてたまらないんだろう？」

図星を突かれて、ナザリオはやむなく素直な本音を打ち明ける。

「もちろん……すごく、寂しいです」

それを聞くと、レオンハルトは頷いた。

「では、あの子たちの代わりになるかはわからないが、今夜は俺があなたをそばで守ろう」

そう言って振り返り、レオンハルトが入り口を覆う布を下ろそうとしたときだ。ちょうどリカルドが向こうの天幕から顔を出した。

目が合った彼がこちらに頭を下げてにっこりと笑う。慌ててナザリオもぺこりと頭を下げる。

布を下ろして入り口を閉じたレオンハルトは、なぜか苦笑いを浮かべている。

「？　どうしたのですか？」

「いや……さっき、寝る前にあなたの顔が見たくて、この天幕を訪ねようか迷っていたとき、リカルドから言われたんだ。『どうぞもう自分たちには気を使わずに、王太子妃殿下の天幕でお休みになってください』と」

レオンハルトとしては、ナザリオの警護のために隣国に付き従ってくれた部下たちの手前、彼と同衾するのは国に戻ってからにすべきだ、と自分を戒めていたらしい。

「それなのに、あなたの顔を見ると、もっとそばに近づきたくなるし、自然と手が伸びて触れそうになったり、つい抱き締めたくなったりするんだ。おかしな真似をしないよう、なるべくあなたのほうを見ないように気をつけていたんだが」

自嘲するみたいに漏らす彼の言葉に、ナザリオはあっけに取られる。

少し距離を置かれているように思えたのは、だからか、とようやく状況が腑に落ちた。

気を利かせたリカルドからは、今夜は交代でしっかりと不寝番を立て、王太子妃殿下の天幕には誰も寄せつけないようにいたしますので！　と言われて送り出されてしまったそうだ。

「確かに、あなたのことばかり考えていたが……リカルドを含めて、今回の旅に赴いてくれた者たちには、城に戻ったらじゅうぶんな褒賞を与えねばならないな」

「僕からも、リカルド様にお礼をお伝えしなければなりません」

寝床に腰を下ろしながらナザリオが言うと、すぐ隣に座った彼がこちらに目を向けた。

「話したいことがあったというのも本当のことなのですが……ともかく、ずっとあなたと二人になりたかったのです」

そうか、と嬉しげに口の端を上げると、彼が「では、俺も今夜はここで一緒に休んでも構わないだろうか？」と改めて訊ねてくる。

「もちろんです」と答えてから、ふいに何を問われているのかに気づき、頬が熱くなる。すぐに彼の逞しい腕が肩を抱き寄せて、啄むようにして唇を奪った。

「ん……っ」

何度も熱っぽく口付けられて、小さくて薄い唇を愛しげに吸われる。軍服越しの硬い胸板を感じながら、ぎこちなく口付けに応える。久し振りに触れられたことで、ナザリオの体の熱がどんどん上がっていく。

しかし、いつものように口付けだけで蕩けて、くったりと全身から力が抜けることはなかった。

「あ、あの」

口付けの合間にそっと声をかけると「ん？　どうした？」と彼が優しく訊ねてくれる。

「そのカツラは、まだお外しにならないのですか？」

気になっていたことを訊ねると、レオンハルトはああと頷いた。

「ああ。もしここで何か起きて、早急に天幕の外に出なくてはならなくなったとき、『城にいるはずの王太子』がここにいることを知られてはまずいからな。王城に身代わりを置き、父やクラウスに俺の不在を隠すよう頼んできたことが、すべて水の泡だ」

城には彼の影武者がいて、本物の王太子はここにいる。

その事実を知られれば、どちらかが偽者だとわかって大問題になりかねない。

確かにそうだと思っているうちに、もう一度口付けられたけれど、ナザリオの体からは強張りが解けなかった。

「……どうしたんだ？」

何か不安があるのかと訊ねられて、ナザリオはおずおずと口を開いた。

「その……なんだか、あなただとわかっていても、別の方のようで……」

そう言うと、レオンハルトは目を丸くする。恥ずかしくなってうつむくと、ふっと微笑む気配がした。

頤に手をかけられ、そっと彼のほうを向かされる。

目が合ったレオンハルトは、なぜか嬉しそうに目を細めている。

「俺ではないように思えると、不安なのか？」

気持ちを誤魔化すことができず、こくりと小さく頷くと、顎を掬い上げるようにぐっと持ち上げられ、噛みつくようにして深く口付けられた。

愛しげに上唇を吸われ、甘い疼きにナザリオはぶるっと身を震わせる。

「……あなたは本当に可愛らしいな。結婚して、すべてを我がものにしたはずなのに、いつまで経っても愛しくてたまらない」

「そ、そんな……」

「凛としているのに、謙虚なところもまた、好きだ」

手放しの褒め言葉がいたたまれず、ナザリオは戸惑ってまたうつむいた。

「いつもあなたはそうして褒めてくださいますが、僕は、決して秀でたところのある人間などではないのです。頑固で、融通が利かなくて……」

今回も、迷いに迷い、悩み抜いた挙げ句に、立場と重い責任のあるレオンハルトを巻き込んでしまった。

すべてが終わった今となっては、おそらくどの道を選んでも後悔が残った選択だったとわかっている。

結果として皆が無事に帰れたから良かったものの、自分の我を通したせいでステファノには痛い思いをさせてしまった。これでもし、レオンハルトが大怪我でもしていたらと思うと、背筋が冷たくなる。

「それに……もしダヴィド殿下が現れず、『皆の命と引き換えに偽りの占いをしろ』と強要されたとしたら、いったい自分はどうしただろうと、いまだにわからないのです」

ナザリオは、もし偽りの占いをしたなら、きっとこの力を失うと感じていること、そして、自分が心の底ではこの力をなくすのをひどく恐れているようだということを、正直に彼に打ち明けた。

「初めは、皆を幸せにできる尊い力を得て、ありがたがるばかりでした。でも、この力がある日々に慣れてくると、失ったとき、どうなるのかが不安になって……最初のナディル殿下のように無理な占いを強要する人はほんのわずかで、ほとんどの人が皆、感謝を向けてくれます。あなたと出会えたのも、この力のおかげで……長くこの手にあるせいか、いつか失ったときのことが想像できなくて……怖いのです」

レオンハルトは「大丈夫だ」と言って、大きな手でナザリオの肩を抱き寄せた。

「今あなたの力はなくなっていないし、たとえいつかなくなったとしても、何も変わらない。そもそも、俺は奇跡の占いの力があるなしにかかわらず、あなたに恋をした。我が父など、あなたの特別な力の噂が各国に広まり、大変な名声を得ていることのほうを心配して、悪用されたり攫われたりしないように気をつけて、じゅうぶんに守ってやれと口うるさく言ってくるほどだ」

国王ルードルフがそんなふうに思ってくれていたとは知らなった。

目を丸くするナザリオに言い聞かせるように、彼は囁く。

「……皆があなたに親切なのは、ただ、あなたが素晴らしい人だからだ」

レオンハルトは優しく断言した。

「どんなときでも祈りを欠かさず、自らより他者のことを思い遣れる。立場も身分も、損得もいっさい関係なく、もっとも正しいと思ったことを口にして、行動できる。現に、俺と出会ったときも、相手が大国の王太子だと知りながらも、占うなという命令をきっぱりと撥ねつけただろう？　一度も俺に媚びたことがなく、毅然としている。そんな人間は世の中にそう多くはないんだ」

彼はナザリオの頬を両手で包み込む。

「……あなたは、我が国の王妃に誰よりも相応しい。俺にはもったいないほどの人だ。だから俺も、あなたの手を取るのに恥ずかしくない国王にならなければと、日々、自らに言い聞かせている」

（レオンハルト様……）

彼は、自分の信念をどうしても曲げられなかったナザリオの気持ちを受け入れ、理解してくれた。

神から授かったこの不思議な力は、人々を幸福に導くために、偽りなく使わなくてはならない。

正しく使うことは、ナザリオにとって、責務であるとともに使命でもあった。

レオンハルトの言葉がすとんと腹に落ちる。不安に揺らいでいたナザリオの心は、落ち着きを取り戻した。

――いつか、この力が消えるときがきても、もう怖くはない。

どんな状況であっても、人々のために祈ることに変わりはない。いつでも、どんなに苦しい日々の中でも、ナザリオは祈り続けてきた。

だから、力をなくしたら、特別な力を持たないただの神官に戻り、これまで通りに神に祈りを捧げながら、レオンハルトの伴侶として生きる、それだけでいいのだ。

ようやく体の強張りが解ける。視界の潤んだナザリオを、レオンハルトの大きな体が包み込むようにして抱き締めてくれる。

そのとき、ふと思い出したように彼が言った。

「気になっていたんだが……あのとき、ダヴィド王子に起こる未来が見えたということは……もしかしたらあなたは、運命の相手を占えること以外にも、潜在的には様々な力を持っているのかもしれないな」

思いもしなかった言葉にナザリオは驚く。すぐに首を横に振った。

「い、いいえ、そんなことはないと思います。これまでは、未来が視えたことなんてありませんし、今回はきっと、切羽詰まっていたから、偶然で……」

そうか、と小さく言うと、彼はふいに真面目な顔になる。

気づけば、ナザリオはレオンハルトの腕の中に引き寄せられ、痛いほどきつく抱き竦められていた。

「ずっと俺のそばにいてくれ」

耳元で囁かれて、ナザリオは、彼が自分が持っているかもしれない未知の力に、わずかな恐れを抱いていることに気づいた。

——いつか、ナザリオが大きな力に目覚め、どこかに行ってしまうのではないかと。

「……僕は、どこにも行きません。ずっとあなたのそばにいます」

きっぱりと言うと、レオンハルトがホッとしたような顔を見せる。

おずおずと彼の項に手を回すと、抱き締められたまま寝床に押し倒され、愛情を込めた口付けを繰り返される。

「ふ……、ぅ」

舌同士をきつく絡めたり、咥内を余すところなく探ってくる舌に唾液を奪われる。深く唇を合わせながら、頭皮や首筋を撫でてくれる大きな手の感触が心地いい。

「……っ」

伸しかかってくるレオンハルトとぴったりと体を触れ合わせ、密着したまま濃厚な口付けをしているうち、布越しに腿に当たっている彼のものが硬く張り詰めていくのがわかる。レオンハルトが激しく興奮していることが伝わってきて、ナザリオの体は燃えるように熱くなった。

彼の腹部に触れている自分のものもまた、わずかに反応している。

情熱的な口付けを続けるうち、腿に押しつけられるレオンハルトの昂りがいっそう硬くなる。たまらなくなって、ナザリオは逞しい背中にしがみついた。

「しばらく、あなたに触れられなかった……もう、限界だ」

囁きを耳元に吹き込みながら、彼が性急な手つきでナザリオの服の前を開ける。少しひやりとした空気を感じるなり、彼の手があらわになった胸の先に触れ、硬い指先がそっとそこを摘む。

「……っ！」

それだけで体に甘美な痺れが走り、ナザリオはびくんと身を震わせる。

「ああ、もうこんなにして……あなたも、少しは俺を恋しく思ってくれたのか？」

――思わないわけがない。

結婚してから、ナザリオはいつも彼と寝台をともにしている。

ピーノたちがまだ起きているときや、レオンハルトの戻りが遅く、自分が眠ってしまったときにはしないけれど、そういったときを除けば、ほぼ欠かさずに彼はナザリオに触れてくる。

口付けすらしたことのなかったナザリオは、レオンハルトに触れられ、愛する人に愛される悦びを教えられた。

隣国への旅の間、最初は変装している彼にまったく気づかず、正体を知ってからも、まともに触れ合うことはほとんどできずにいた。

例外だったのは、牢での夜の秘めた口付けくらいのものだ。

結婚してからのこの一年近く、戦はもちろん遠征もなく、レオンハルトは国境警備の交代式に赴いて留守にするとき以外は基本的に城にいて、夜は必ずナザリオと二匹の待つ離れの部屋に戻ってきてくれていたのだ。

だから、こんなにも長く触れ合わないのは、これが初めてだった。

「あっ、あ……っ」

彼はナザリオの敏感な乳首をゆるゆると捏ねては、時折いたずらをするようにきゅっときつく摘まみ上げる。そのたびに甘い声が漏れてしまう。

恥ずかしいほど感じてしまう二つの乳首をそれぞれ巧みな指に弄られながら、ナザリオは必死に訴えた。

「ぼ、僕が、旅の間、あなたと離れてどのくらい寂しく思っていたか……無理を言って出発を決めたはずなのに、と自分を責めていたほどです」

レオンハルトが驚いた顔をし、それから精悍な頬を緩める。

「その言葉だけで、いろいろと根回ししてきた苦労がすべて報われた」

彼はいかにも嬉しそうに笑い、顔を伏せて、ナザリオの薄い胸元に口付けてきた。

「……っ」

押し殺したナザリオの吐息と、レオンハルトがじゅっと音を立てて小さな乳首を吸う音が聞こえる。

周囲の天幕では隊の者たちが休んでいる。ぜったいに大きな声など出すわけにはいかないのに、レオンハルトは執拗なほど熱心にナザリオの胸の尖りを口と手で愛した。

ややきつめに吸われたかと思うと、熱く濡れた舌でねっとりと舐め回される。片方を甘噛みされながら、もう一方を押し潰すように捏ねられる。体格差のある彼の体でしっかりと押さえ込まれているナザリオの腰は、そのたびにびくびくと揺れてしまう。

感じやすい場所を弄られ続けて息も絶え絶えになった頃、彼がようやく胸から顔を上げた。衣服の前をすべて開けられて、下衣までをも脱がされる。全裸にされると、口付けと胸への刺激だけですっかり反応したナザリオの小振りな性器は、完全に上を向いてしまっている。

あらわになった体を目を細めて眺めながら、彼が腰帯から剣を外して枕元に置き、軍服の上着を脱ぐ。

彼は持ち上げたナザリオの膝に口付けてから、脚を大きく開かせる。懐から取り出した小さな瓶の中身を空けて、指に塗りつけると「痛くしないから」と囁く。香油で濡れた指が、ナザリオの後孔を優しく撫でた。

「あ……」

滴るほど濡らされた後ろに指が入ってきて、思わず声を漏らす。慌てて自分の口を手で押さえて塞ごうとすると、小さく笑ったレオンハルトが、その手を外して身を倒してくる。彼は口付けでナザリオの唇を塞いでくれた。

「ぅ……っ、……ぅ……んっ」

初めて体を重ねてからもうじき一年近く経つ。行為自体にはもう慣れているはずなのに、日が空いたせいかナザリオのそこはきつく閉じてしまっている。あやすように何度も口付けられても、じわじわと押し込まれるレオンハルトの指を、無意識のうちにそこは拒もうと締めつけてしまう。

「ナザリオ……どうか体の力を抜いてくれ」

辛そうな彼の言葉にナザリオは必死で頷き、なんとか言う通りに従おうとする。

強張った体のまま、どうしていいのかわからず彷徨ったナザリオの手が、レオンハルトの胸元に触れた。軍服のシャツ越しの硬い胸はどくどくと脈打ち、彼の興奮を伝えてくる。ズボン越しに腿の裏に当たる彼のものは張り詰め、そこをはっきりと押し上げているのがわかる。

自分だって早く繋がりたい。彼の熱いものを受け入れ、レオンハルトと一つになりたい。強い願いが湧き上がり、ナザリオは必死で体の力を抜こうとした。

すると、身を起こしたレオンハルトがナザリオの足を持ち上げて、足首にそっと口付けた。体がびくっとなり、目を瞠る。

「レオンハルト様……っ？」

「大丈夫だ、痛いことはしない」

そう言った彼が、感覚の特に敏感なナザリオの足首にねろりと舌を這わせてきた。更に脹脛《ふくらはぎ》にも、ちゅっと小さく音を立てて口付けられる。

「あ、……あっ」

ナザリオの足首と脹脛には、育った孤児院で幼い頃に受けた古い傷痕がある。

人に知られるのを恐れてずっと隠してきたせいで、誰にも触られたことがなかったし、自分自身でも触れるのが怖かった。そのせいか、皮膚が極めて鋭敏になってしまっていて、非常に感じやすい場所なのだ。レオンハルトはその過去を知っているけれど、醜い傷痕をわずかも厭わずに、いつもこうして大切に愛してくれる。

「はぁ……、あ……、ん」

足首の傷痕に纏いつかせるように、ねっとりと執拗に熱い舌を這わされ、高貴な彼の唇を押しつけられているうち、くったりと体の力が抜けてしまう。弱い脹脛を甘噛みされ、あっ、あっ！と泣き声が上がる。足を弄られてどこにも力が入らず、拒めなくなった後孔に、二本、三本と彼の太い指を呑み込まされて、久し振りの中をじっくりと慣らされる。

ようやく指が抜かれ、膝立ちになったレオンハルトがシャツを脱ぎ、ズボンの前を開ける。

蕩けた目で見上げたナザリオの目に、愛しい彼でありながら、彼ではない者が映ってぎくりとする。

ナザリオが『ジャン』のカツラを被った自分に戸惑ったことに気づいたらしい。

レオンハルトは小さく息を吐き、思い切ったように長髪のカツラを脱ぐと、あらわになった自らの黒髪を無造作にかき上げた。

「俺しか知らないあなたを、『ジャン』に抱かせて怖がらせるのは本意じゃない」

そう言うと、レオンハルトは身を伏せてナザリオの唇を吸ってから囁く。

「これで、怖くはないな？」

ホッとして、ナザリオはこくこくと頷く。満足そうな笑みを浮かべ、レオンハルトが雄の獣のようなぎらぎらとした目でナザリオを射貫いて言った。

「あなたを抱いていいのは俺だけだ」

その通りだ、とナザリオは思った。すぐに硬い昂りが後ろに押し当てられ、軽く慣らすようにこすりつけられたあと、じわじわと押し込まれる。

「あ……、ん、ん……」

時間をかけて慣らしてくれたおかげで痛みはなかった。それでも、久し振りのレオンハルトはいつもより大きく感じて、勝手に体が強張ってしまう。そのたびに、頬を撫でたり鼻先に口付けたりして、彼が恐れを和らげてくれる。

苦しくないか、痛くはないか、とレオンハルトが訊ねてくれる。

必死で頷くと、ご褒美のようにぷくりと膨らんだ乳首を弄られ、体のあちこちに触れられる。

狭い内部に少しずつ熱い昂りが押し込まれ、やっとすべてを呑み込めたときには、ナザリオの前はもう蜜を吐き出してしまっていた。

「俺を受け入れて、達してくれたのか」と彼が嬉しげに呟く。

「あ、……、んっ」

萎えて濡れた性器を大きな手で優しく扱かれて、残りの蜜を優しい手つきで搾られる。

「あっ、ま、まって……」

達したばかりの先端を硬い指先でぐりぐりと擦られると、尻の奥がきゅうっと押し込まれたままのレオンハルトを締めつけてしまう。

待ってほしいと言ったのに、彼は「大丈夫だ、痛くないだろう？」と甘く囁いて、濡れたナザリオの先端を弄り続ける。それと同時に、中をゆっくりと突かれて甘い泣き声が漏れてしまった。過ぎた快感が怖くて、いやいやと必死で首を横に振ると、あやすようにこめかみや鼻先に口付けられる。

やっと性器から手を離してもらえたときには、ふたたびナザリオのものは腹の上を向いて硬くなってしまっていた。

「あなたのそんな顔を見ると、たまらなくなるな……」

そう言ってナザリオの頬を撫でたレオンハルトが、身を起こす。

すでにナザリオには羞恥を感じるだけの余裕もなかった。頭がぼうっとして、ただされるがままになり、彼を陶然と潤んだ目で見上げることしかできなかった。

快感に蕩けてわけがわからなくなったナザリオの脚を抱え直すと、膝に口付け、レオンハルトがゆっくりと腰を突き入れ始める。

「んぅ……、ん……んっ」

まだ一度も達していない彼の昂りはがちがちに張り詰めていて、奥まで入れては引き抜かれるたび、ナザリオは頭の芯がちかちかするほどの衝撃に揺さぶられた。

声を出してはいけないということだけはわかり、拳に固めた手を必死で口元に当てて必死で喘ぎを押さえる。けれど、信じられないくらい大きな彼の雄で奥まで貫かれると、勝手にがくがくと体が震えて、うまく声を殺すことができなくなった。

「あぅ、ん……っ、あぁっ」

苦しくて涙で潤んだ目で見上げると、鍛え上げたレオンハルトの上半身が視界に映った。一つだけ灯した頼りない灯りに照らされた彼は、ナザリオの白くて細い脚を優しく掴み、情熱的な愛の行為を続けている。

「痛くはないな……？」

伸ばした手で頬を撫で、確認してくる彼の声に、ナザリオはぎくしゃくと頷く。

気持ちがいいか、と訊かれて、それにも恥じらいもなく、何度も頷いた。

レオンハルトの逞しい体に抱かれて、怖いくらいに張り詰めた昂りと繋がると、いつも感じたことのないくらいの痺れがナザリオの体を満たす。たまらなく気持ちが良くて、意識を保っていることが辛いほどに――。

どこまで話してしまったのかわからなかったが、ふいにレオンハルトの突き入れる動きが激しくなった。ぐちゅぐちゅと音を立てて、荒々しく奥を擦り立てられる。

「レオンハルトさま……あ、ああっ」

頭の中が真っ白になって、揺れていたナザリオの小さな昂りから、ぴゅっと薄い白濁が溢れる。強く最奥を擦られるたびに射精してしまい、忘れかけていた羞恥でナザリオは泣きそうになった。

「あなたが、あまりに可愛いことを言うから……おかしくなりそうだ」

「あぅっ、あ、ぁっ！」

何かを彼が呟いたが、なんと言われたのか聞き取れなかった。

口元を押さえることもできず、達しながら、ナザリオは尻の奥を彼の雄で猛烈に擦り立てられる。無意識に逃れようとした腰を大きな手で抑え込まれ、涙を零す顔を舐められて、ひたすら性器で責め立てられ続ける。

「あうっ、あっ、ひ、ぁ……っ！」

出し切って萎えたナザリオのものはくったりとして、薄い腹の上を濡らしている。

奥まで押し込まれた硬く逞しい性器が、その中を、苦しいくらいにいっぱいに満たしている。長大な性器を受け入れ、蕩け切ったナザリオの頬を撫でて小さく微笑むと、

これ以上ないほど深く繋がったまま、唇を重ねられ、舌が口腔に入り込んでくる。唇と後孔の両方の奥までレオンハルトを呑み込まされて、指先から体の深部までもが熱く痺れていく。

「あなたは俺の妃だ……もう二度と離せない」

「あう、あぁ……っ」

繰り返し愛の言葉を囁かれながら激しく突き込まれて、頭がおかしくなりそうなほど、レオンハルトの熱に翻弄される。もう出るものなどないのに、何度も繰り返し達したように体がびくびくして、それでも許されずに責め立てられる。泣きじゃくりながら手を伸ばして、ナザリオは彼の逞しい肩にしがみついた。

発情した獣みたいに荒々しく揺らされたあと、ようやくレオンハルトが苦しげに呻いた。溜め切った情熱を叩きつけられ、たっぷりと最奥に熱いものを注がれる。

ぐったりしたナザリオは、汗に濡れた頬に愛しげに口付けられ、恭しく彼に唇を吸われる。

愛されきって、体の芯が熱く痺れている。多幸感に包まれて、ナザリオは目を閉じる。

しばらくナザリオを抱き締めたあと、レオンハルトがぽつりと口を開いた。

「……城に戻れば、間もなく戴冠式だ」

ナザリオは目を開け、ぼんやりと彼を見つめる。

「俺は国王の座につき、あなたは王妃になる。表向きは、他の臣下たちと同じように、国と俺に忠誠を誓ってもらうことになるが……二人のときは、俺にへりくだる必要などない」

そう言いながら、彼はナザリオの手を取り、甲にそっと口付ける。

「レオンハルトさま……」

ナザリオはじっと彼を見上げた。

「国王になっても、俺はこれまでと変わらずに、あなたを大切にする。いつか、国とあなたとどちらかを選ばなければならない日がきたとしても、必ずどちらをも守ると誓う」

それは、眩しいほどの決意だった。

しかもナザリオは、すでに彼がそれを身をもって実行したことを知っている。

その誓いの重さが身に染みてわかり、ナザリオは彼が自分に向ける想いの深さに震えた。本来は、国を優先すべきだというのは、自分などが言うまでもなく、彼には痛いほどよくわかっているだろう。

「レオンハルト様……、ですが」

言わずにはいられなくて口を開くと、伸しかかってきた彼がじっとナザリオを見つめた。

「……どうか、俺の気持ちを拒まないでくれ。逃げることももう許してやれない。俺は、あな

れる。

何も持たなかった自分を正式な伴侶として迎え、レオンハルトは宝物のように大切にしてくれる。

言葉が出なくなって、ナザリオは何度も頷いた。

「この世の何よりも、あなたを愛しているんだ」

啄むようにそっと口付けてから、彼が囁いた。

たに怖いくらいに溺れている」


（続き）


ずっと気がかりだった祖国への莫大な支援も、教会の心配事も、手を尽くして解消してくれた。彼は、ナザリオがすべてをかけても返しきれるかわからないほどのものをくれた。

この人がくれた想いに、一生をかけて応えたいとナザリオは心の底から思った。

ぼうっとしているうちに、レオンハルトが身を起こし、ナザリオの汗や汚れを拭き、かいがいしく体を清めてくれる気配がした。何かしなくてはと思ったけれど、もはや指一本すら動かせないほど疲れ切っている。

激しく求められ、大切に甘やかされて、満たされた気持ちになる。怖いほど深い彼の愛に包まれて、ナザリオは眠りに落ちる。

意識が遠くなる間際に、額に優しく口付けられる感触がした。

「愛している……俺のナザリオ」

＊

――大陸随一の大国であるエスヴァルド王国に、新王の戴冠式の日がきた。

式には国内外の貴族や諸侯はもちろんのこと、周辺国からも多くの王族が招かれたが、その中に、長年敵対国だったヴィオランテの王太子ダヴィドの姿があったことは、各国の王侯貴族たちを皆驚かせた。

大陸中央部を統治するエスヴァルド王国と、西部を長く支配するヴィオランテ国の両国が友好関係を築けば、周辺国の力関係も変わる。

秘密裏の情報合戦が行われる中、ナザリオもまた、支度をして式に臨んだ。

この日のために仕立て職人が新たに誂えた衣装は、かすかに光沢のある白い布地でできた白く裾と袖の長い服だ。国王の衣装と対になるよう、胸元には金の模様が縫い込まれていて、ところどころに真珠があしらわれた、非常に美しい仕立て上がりだ。

裏側が金地のマントを纏い、襟元でリボンを結ぶ。

衣装を着終わると、着替えを手伝ってくれたカミルが微笑み、自らも正装を纏った今日の付き添いを務めてくれるティモが、「世界一お綺麗です」と涙ぐみながら、過剰な褒め言葉をくれる。

ナザリオと揃いの小さなマントを着たピーノとロッコの二匹は、来客が多く訪れる今日は、カゴの中に入ってもらい、カミルに預けることになっている。もちろん、あとでご褒美の甘いものをたっぷり用意する約束はレオンハルトと取りつけ済みだ。

行ってきます、と言って、目をきらきらさせている二匹の小さな頭にそれぞれキスをしてから、ナザリオはティモに付き添われ、大聖堂へと向かった。

多くの招待客が訪れた大聖堂内で、まずは現国王ルードルフが、被った冠と剣とを大司教に返す儀式を行う。これまでの働きを称えられ、そして冠と剣が新王レオンハルトに授けられる。

そして、ナザリオもそばに並び、王妃の冠と、王妃の剣を授けられた。

レオンハルトが神に国王としての誓いの言葉を述べ、戴冠の儀式は無事に幕を閉じる。

祝宴には、国王となったレオンハルトに王妃のナザリオ、国王補佐につくクラウスとその伴侶であるティモ、そして、おそらくは将来の王となるユリアンと、主要王族がずらりと顔を並べた。

宰相を任じられたホーグランド大臣が場を取り仕切り、使用人たちが立ち働いて優雅に給仕をする。

そんな中、挨拶に来た人々に一人一人応対していたナザリオは、唯一自らが招待した者がいるのに気づくと、にっこりと笑顔を作り、丁寧に会釈をした。

「――ダヴィド王太子殿下、ようこそおいでくださいました」

彼はまず玉座に座るレオンハルトに目を向けて、なぜか、かすかにぎょっとした顔をした。

それからナザリオに目を向けてどこか訊ねるような、怪訝そうな顔をする。

どうやら彼は、件の出来事の際、ナザリオを守り抜いた軍人の正体に気づいてしまったのかもしれない。ナザリオが無言のまま微笑むと、ダヴィドはやれやれというように小さく息を吐く。

苦笑してから、彼は改めて真面目な顔になり「エスヴァルド王国国王陛下、そして王妃殿下。お初にお目にかかります。ヴィオランテ国王太子、ダヴィドでございます」と二人に丁寧に挨拶をする。

「このたびはご招待に感謝いたします。戴冠の儀、まことにおめでとうございます」

彼の言葉にレオンハルトが頷き、すっと立ち上がって手を差し出した。

「ダヴィド王太子殿下、ようこそいらしてくれた。祝いに感謝し、心から歓迎する」

エスヴァルド王国の国王と、ヴィオランテ国の王太子が手を握り合うその様子を見ていた周囲が、わずかにざわめいた。

この瞬間、長い間最低限の国交しかなかったエスヴァルドの新王とヴィオランテの王太子との間で、新たな交流が始まったのだ。

周辺国にまで知れ渡れば、様々な算段を始める者もいるだろう。なんにせよ、この国交が両国にとって大変に喜ばしい話であることは間違いない。

ダヴィドはレオンハルトとなごやかに礼儀正しく時節の挨拶を交わしたあと、ナザリオに目を向けた。彼はやや声を潜め気味にし、「ナディルはあれから小康状態を保っています。おかげで、エリシュカどのとささやかな結婚式を挙げることもできました」と教えてくれる。その話を聞いて、ナザリオはホッとした。

「エリシュカのために、せめて子が生まれるまで持ってくれればいいのだが」

やや切ない表情で言う彼に「そうなりますように、私もお祈りしております」とナザリオは答える。

すると、ダヴィドはふとまじまじとナザリオを見た。

「……あなたが、まだ独身だったら良かったのに。そうしたら、私は間違いなく求婚しただろう」

声を潜めた言葉を聞き、隣にいるレオンハルトが口元の笑みを凍りつかせ、目だけでダヴィドをぎろりと睨んだ。

ナザリオは「もったいないお言葉ですが……たとえ私がまだ独り身だったとしても、レオンハルト様以外の方からの求婚をお受けすることはなかったかと」と、丁重に断りを伝えると、ダヴィドは軽く目を剥いてから、おかしそうに笑った。

「いかにも優しげに見えて、きっぱりと物を言う。あなたはそういう人だな。俺にそういう態度をとる者は本当にわずかだ。そういうところが、よりいっそう好ましいんだが」

やや名残惜しそうに言ったあと、「両国の友好と末永い平和を願って」と言い置き、慇懃に頭を下げてダヴィドは去っていった。

挨拶の流れが一通り終わり、食事が済むと、人々は大広間に移動していく。楽団が聴き心地のいい曲を奏でる中、それぞれが用意された酒を楽しみ、ダンスをしたり語り合ったりするのだ。

押し寄せる人々からの挨拶をすべて受けるのにはかなりの時間がかかり、レオンハルトとともにナザリオが大広間に移動する頃には、すでに宴もたけなわになっていた。

レオンハルトにエスコートされたナザリオが大広間に姿を見せると、人々が次々に道を空けてくれる。中央で踊る者たちも、どうぞとばかりに場所を空けるのを見て、ナザリオは慌てた。

「……レオンハルト様、僕は踊れません」

恥ずかしかったが正直に伝えると、彼はあっさり「ああ、俺もダンスは得意じゃない。あなたの足を踏む前にやめておこう」と頷いてくれてホッとした。

「少し外の空気を吸おう」と言うレオンハルトに、人のいないバルコニーのほうへと導かれる。

大広間を横切るときに、端のほうで、とてつもなく目立つクラウスにリードされたティモが、まごまごしながらも必死に踊っているところが目に留まった。見ているとハラハラして心配になったが、ティモが躓《つまず》きそうになって足を踏まれようとも、いっこうに怒らずに微笑んでいるクラウスと、彼に慰められて頬にキスをされ、顔を真っ赤にしているティモが微笑ましかった。

「そういえば、ピーノたちはもう部屋に戻ったのか？」

レオンハルトに訊かれ、ナザリオは首を傾げる。

「いえ、カミルに預けているので、まだおそらくここにいるはずなのですが」

きょろきょろと辺りに視線を彷徨わせると、「王妃殿下」と声がかけられる。振り向いたナザリオの目に、こちらを見つけたカミルが、ピーノたちの入ったカゴを運んできてくれるところが目に入った。

「カミル、ありがとう」

「いいえ。ピーノ様とロッコ様は、先ほどまでご機嫌でケーキを食べていたのですが、お腹いっぱいで眠くなられたようです」

笑顔のカミルに言われて中をそっと見ると、二匹はお腹がぽんぽんになり、カゴの中でうとうとしている。

どうやらナザリオたちが挨拶に忙殺されていた宴の間に、二匹はカミルがとってきてくれた美味しいケーキや美しいお菓子を存分に堪能したらしい。

二匹の様子をレオンハルトと二人で覗き込んで微笑み、カミルに礼を言う。起こさないようにそっと布をかけたまま、カゴを手に、二人はバルコニーに出た。

かすかに吹く夜風が心地好い。人酔いしたナザリオから熱を冷ましてくれる。

「疲れただろう？　今日はよく対応してくれたな。ありがとう、ナザリオ」

労われて、首を横に振る。

「あなたに恥をかかせないように、必死だっただけです」

背中に腕を回されて抱き寄せられる。

彼がナザリオの頤に手をかけて目を合わせ、宝物を見るような目でこちらを見つめる。

「じゅうぶんだ。皆があなたを褒め称えるから、俺も誇らしかったよ……美しくて優しく、類い稀な占いの力を持った、素晴らしい王妃を得たと」

ナザリオもまた、今日この大国を統べる者となった彼を見上げた。

「だが、今は俺だけの神官どのだ……俺のナザリオ」

独占欲を滲ませ、彼がナザリオの唇を奪う。

唇も舌も執拗に吸われて、レオンハルトに強く求められていることに心が満たされる。

今回の旅で、ナザリオは彼への尊敬と深い愛を改めて実感し、レオンハルトを支えていきたいという思いを新たにした。

抱き締められ、熱を込めた口付けに酔わされているうち、手に持ったカゴがなぜかゆらゆらと揺れ始める。

口付けを解いてみると、カゴの中で眠っていたはずの二匹が、花の甘い香りに誘われて目が覚めたらしい。ピーノとロッコはカゴから揃ってぴょこっと頭を覗かせると、ナザリオの両肩に飛び乗り、『わあ!』と声を上げた。

『ナー様、でんか! きれいなバラがさいています!』と、ピーノは大喜びだ。

『こんなにいっぱいあれば、おいしいお砂糖漬けがたーくさん作れますね!』と、ロッコはうっとりしている。

満腹なはずなのにまだ食べ物のことを話すその言葉に、レオンハルトと目を合わせて思わず噴き出す。

花の中を散策しようというのか、二匹はバルコニーの手すりにぴょんと乗り、すぐそばの木に飛び移る。ところどころに明かりが灯されているとはいえ、夜の庭園は薄暗い。

「ピーノ、ロッコ、もう夜だから遠くに行っちゃだめだよ。目の届くところにいてね」

急いでかけた声に『はぁーい!』と元気な声が返ってくる。

ホッとして再びレオンハルトのほうを振り向くと、彼はなぜか真面目な顔でこちらを見つめていた。

「――ナザリオ」

「は、はい」

なんだろう、と緊張してナザリオが姿勢を正す。するとレオンハルトはなぜかゆっくりとその場に片方の膝を突き、ナザリオの左手を取った。

「レオンハルト様？」

握られた手の薬指には、レオンハルトから贈られた結婚指輪と、それから今日贈られたばかりの代々の妃に受け継がれてきた王妃の指輪がはめられている。

ナザリオの左手をしっかりと握り込み、彼はこちらを見上げた。

「我、エスヴァルド国王、レオンハルト・ローレンツ・エスヴァルドの名において、あなたに生涯の愛と忠誠を捧げると誓う」

誰に対しても膝を突いたり、誓ったりする必要はない。この国の王となった彼が告げた言葉に、ナザリオは目を瞠った。

彼はこちらを見上げたまま続けた。

「王妃になってくれてありがとう。これから、俺は国とあなたを全力で守ることに命を捧げる。あなたが俺の隣で生きることを選んでくれた喜びを、死ぬまで忘れずに」

そう言うと、レオンハルトは握ったナザリオの手を口元に引き寄せた。

「……この命が尽きるときまで、俺個人のすべてはあなただけのものだ」

囁きながら、恭しく手の甲に口付けられて、胸が熱くなった。

泣きそうになるのを堪えて、ナザリオも震える唇を開く。

「ぼ、僕も、すべて、レオンハルトさまのものです」

それから、身を屈めて、彼の額にそっと口付ける。

「……神と民と地の祝福が、末永く、この国とあなたの上に降り注ぎますように」

レオンハルトの治めるこのエスヴァルド王国がこれからも繁栄し、穏やかな幸福がいつまでも続きますように――。

心を込めて、ナザリオは祈りを捧げた。

END

＊　あとがき　＊

この本をお手に取って下さり、本当にありがとうございます！

二十五冊目の本は、「王子は無垢な神官をこよなく愛す」「聖なる騎士は運命の愛に巡り合う」の続編になりました。

同じシリーズで三冊目は初めてなのですが、こうして出していただけたのは一冊目と二冊目を買って下さった方のおかげです。前の二冊はご感想もいつになくたくさんいただけて、ピーノとロッコを好きと言ってもらえたりして、すごく嬉しかったです。

一冊目はナザリオとティモが祖国のフィオラノーレから大国エスヴァルドへやってくる話。二冊目はクラウスとティモがフィオラノーレに行く話。そして今作は、ナザリオが隣国ヴィオランテに密かに招かれる話となっております。

ハッピーエンド後のレオンハルトとナザリオにピーノとロッコ、そして二作目のクラウスとティモ、それぞれのカプのその後のお話を楽しんでいただけたら幸せです。

今回、レオンハルトの決断は賛否両論あるかなあとも思うのですが、王位につく前、王太子の身分の今だからこそできたギリギリの選択で、たぶん戴冠式のあとだったら選べなかった方法なのではないかと思います。お話の中で、レオンハルトがナザリオに惹かれたのは具体的にどういうところなのとか、ナザリオが自分の持つ不思議な力をどう受け止めているのかとか、もう少し掘り下げて書きたかったことをいろいろ書かせてもらえてとても満足です。同じ世界観で二冊、三冊と書かせてもらえると、物語を冊数分以上に広げることができるので、本当に楽しい時間でした。

これからもエスヴァルドの国王夫妻と、皆に幸せを運ぶ小さな二匹は幸せに暮らしていくはずです。セルジオ（クラウスの側近）×ユリアン（レオンハルトの義弟）のお話もそのうち書くつもりでいます。いつか、最初から何冊かの予定でお話を作れたらいいな……もしくは一冊五百ページくらい書きたい……長編を書いてみたいです。

ここからはお礼を。イラストを描いて下さったみずかねりょう先生、前作と前々作に引き続き、素晴らしく美しいイラストをありがとうございました！　メインキャラは皆、いつもうっとりするほど素敵なのですが、特に今回、新キャラ（？）のジャンがものすごくイメージ通りな上に大変な格好良さでもう大歓喜でした！

担当様、お忙しい中いろいろと調整して下さってありがとうございました！　念願だった三冊目まで書かせていただけて本当に感謝です。

それからこの本の制作と販売に関わってくださった方全てにお礼申し上げます。

最後に、読んでくださった皆様に心から感謝申し上げます。
また、次の本でお会いできますように。

二〇二一年十二月　釘宮つかさ【@kugi_mofu】

275　あとがき

プリズム文庫をお買い上げいただきまして
ありがとうございました。
この本を読んでのご意見・ご感想を
お待ちしております!

【ファンレターのあて先】
〒153-0051 東京都目黒区上目黒1-18-6 NMビル
(株)オークラ出版 プリズム文庫編集部
『釘宮つかさ先生』『みずかねりょう先生』係

プリズム文庫

王は無垢な神官に最愛を捧げる

2022年01月28日 初版発行

著　者　釘宮つかさ
発行人　長嶋うつぎ
発　行　株式会社オークラ出版
〒153-0051 東京都目黒区上目黒1-18-6 NMビル
営　業　TEL:03-3792-2411 FAX:03-3793-7048
編　集　TEL:03-3793-6756 FAX:03-5722-7626
郵便振替　00170-7-581612(加入者名:オークランド)
印　刷　中央精版印刷株式会社

Printed in JAPAN ISBN978-4-7755-2979-9